只有风吹过树梢

春天慢啊慢

景淑贞 著

河南大学出版社
HENAN UNIVERSITY PRESS
·郑州·

图书在版编目(CIP)数据

春天慢啊慢／景淑贞著. -- 郑州：河南大学出版社，2024.8
（只有风吹过树梢；3）
ISBN 978-7-5649-5828-2

Ⅰ.①春… Ⅱ.①景… Ⅲ.①诗集-中国-当代 Ⅳ.①I227

中国国家版本馆 CIP 数据核字(2024)第 054550 号

春天慢啊慢
CHUNTIAN MAN A MAN

责任编辑	马 博　杨光辉
责任校对	时二凤　韩如玉
封面设计	翟淼淼
封面摄影	柳如月
出　　版	河南大学出版社 地址：郑州市郑东新区商务外环中华大厦 2401 号 邮编：450046 电话：0371-86059701（营销部） 　　　0371-22860116（南方出版中心） 网址：hupress.henu.edu.cn
排　　版	河南大学出版社设计排版中心
印　　刷	河南华彩实业有限公司
版　　次	2024 年 8 月第 1 版
印　　次	2024 年 8 月第 1 次印刷
开　　本	889 mm×1194 mm　1/32
印　　张	5.625
字　　数	119 千字
定　　价	88.00 元（全 3 册）

版权所有·侵权必究

（本书如有印装质量问题，请与河南大学出版社营销部联系调换。）

序　言

西衙口

"窗外，风在吹。"

什么是景淑贞的"风"？

在迟子建的《额尔古纳河右岸》中，风是"我"少年时在鄂伦春人特有的帐篷"希楞柱"里，由父母深夜里急切地呼唤着彼此的名字而制造出来的那种声音，那是一个民族的集体记忆。鄂伦春人身后的处理方式类似于西藏的天葬，不过他们是把逝者放在树上，因而称为风葬。我更熟悉的河南作家则提供了他们独特的中原之风。有人说李佩甫的《羊的门》映射了这个，映射了那个。李佩甫确实善用象征，但我以为，他发力之所在还是羊只那青草一般的卑微，而不是那些耀人眼目的细枝末节。阎连科的《受活》也是大块儿的象征——他的文学成就似乎并不一定需要魔幻现实主义这样的标签的加持。李佩甫、阎连科的文字提供了人是政治动物的再一个证据，河南另一大家刘震云的《一句顶一万句》则回归了琐碎寻常，集中于人的灵魂。人是孤独的，寂寞的，沉默无声的。

"像我这样一个不善言辞、不喜交际、不会动用心机的人，偏要莫名其妙地去经商，直到现在我还对生活的这个转折点充满疑惑。"

"一个所谓的不懂经商之道的生意人，居然爱上文

字,爱上写诗,且一爱便不可回头。"

这就是景淑贞的"风",一个乡间女子活泼泼的生命的象征。在她的分行文字里,风是纷纭的、斑驳的、炙热的,甚至湿漉漉得粘手,它的忧伤,看得见,听得见,摸得见,甚至能在这样的风里放一张饭桌,铺一领苇席,放一个枕头。

> 这个春天丢了什么?
> 田野上的风筝
> 广场上的摇摇车
> 孩子们的溜冰鞋
>
> 立在河岸梳妆的白鹭鸟呢
> 两只热恋中的蝴蝶呢
> 夕阳下走过小桥的长发女子呢
>
> 这个春天什么丢了?
> 村庄街巷空无一人
> 只有风,只有风在寻找
> 翻山越岭,昼夜不停
>
> 风着急的时候
> 会把灰色的天空撕开一道口子
> 掉下闪电和雷鸣
> (《窗外,风在吹》)

然而,景淑贞诗歌里的神秘并不完全来自象征。象征至阴,也就是说她貌似客观,本质上表达的却是某种特殊的理念。要把握景淑贞诗歌理念的浮沉涩滑,还得细抠她的文本,从她的语言,和她的诗歌的情感品质入手。

　　景淑贞和诗歌是合一的,景淑贞就是诗歌,诗歌就是景淑贞,他们在一个相对匮乏、孤寂和闭塞的地方,互相鼓励着,互相依靠着,像两棵花楸树那样,以自己的薄弱支撑另一方的薄弱,以自己的沉默安慰另一方的沉默。这或许就是景淑贞的手艺拔节似的以肉眼可见的速度轧轧有声地精进着的秘密。

　　"不能再好了/阳光再这样好下去"(《我要下雨了》),这是景淑贞的反讽。反讽,或者更开阔一点说,幽默,其实都不过是一种态度,一种独特的直面自己短缺的能力,它的特点是由自己而不是别人来指认。这种品质会给你的文字带来一个很好的姿态,因为你至少已经对自身把握了一些什么,无论是本质,或者仅仅是一种现象。"雨丝软细/和黄昏的长度一样"(《梅花开了》),在细雨和黄昏的并置和比附中,黄昏有了雨的质感。而《不可说》一诗,则是痛感,或者直接叫它隐喻,她让声音遵循引力的规律直接砸了下来——"我们还不曾举杯/已有酒盏破碎之声/砸着脚面"。同时,分裂构思也表现得炉火纯青——"澎河为界/以北归你,以南归我/你是云,是雨,是梦/我是粉,离开花朵"。景淑贞诗歌的神秘性恐怕正是源自这里,概括地说,这是她的表达方式,或者说叙述。

　　《臣服》也是景淑贞很重要的一首,显示了她把身体语言纳入叙述的企图,"取出某些部位/——胸口、胳膊、胃的疼痛/我轻了起来"。《三月的情诗》可以说是景淑贞式的戏剧化。正是这些叙述成分的引入,让景淑贞的诗歌融入了当代诗歌写作的潮流。"门前的桃花开得和往年一样/攀枝折花的都是新人/我依旧长发中分"(《春分》),"我止了笔/一只蜻蜓悬空在一个诗人的第四句诗里/迟迟不肯落下来"(《2020年我写什么呢》),在这样的抒写里,"我"几乎不具人格。"我"是谁?谁在说话?这是叙事时非常重要的问题,一个现代诗歌的写作者有义务对此交出一个他自己的恰切的答案。

本土叙事性诗歌起自20世纪90年代。理论上,有欧阳江河的《89后国内诗歌写作——本土气质、中年特征与知识分子身份》,以及程光炜的《九十年代诗歌:另一意义的命名》《九十年代诗歌:叙事策略及其他》,等等。而叙事性诗歌的理论源头似应肇始于福柯的"知识考古学"。在福柯的知识观里,从事怀疑的解释学本身成了怀疑的对象。随着我们对表层-深层模式和因果链的扬弃,一种被排斥、被嫌弃的不依靠因果纽带话语而形成的非连续表层的后现代描述走上了前台。它冲击的是那种从传统或主体意识产品中追溯思想之连续演化史的人本主义的写作模式。由于认识主体被嵌定在一个新的、暂时的、有限的领域当中,因此他作为知识之主宰者的主体地位也就受到了威胁。人既是外部世界的构造者,又由外部世界所构造。他能够通过先验范畴为知识找到可靠的基础,或者通过"还原"程序使自身从经验世界中净化出来。

于是,我们在景淑贞的诗歌里看到了一个离散的空间,"我村庄里的一窝子风都有名字/——大丫家的,五奶家的/南坡的,北洼的,二道沟的"(《在异乡》)。而在《你想要的都在这里》这首诗歌里,她把一条河流移到了院子里。《致旧人》的戏剧化漂亮无比,诗歌呈现的是一种动态的意象而不是僵硬的淤塞物,这是对当代诗歌多元、并置、彼此独立诉求的一种呼应。"我把一条河流的咆哮装进口袋"(《我把人间重新爱了一遍》)。在这样的诗歌里,事物不再以同以往一样的方式被感知、描述、表达、刻画、分类和认知了。概括来说,景淑贞的诗歌里突出了话语的无意识规则。

不过,我们也要注意景淑贞诗歌准确、明快的一面。作为一个内地的写作者,景淑贞没有背离她的生活,没有背离我们深厚的历史,以及淳厚的乡土文化。无论她是写臆想,还是写梦境,都能给读者一个明白的交代,展现了她作为一个诗人卓异的修养。

它的确开着
小小的一朵白
在十月的凉风里
真实又恍惚
仿佛谎言穿上洁白干净的衬衫
也有清澈心动之美

仿佛果实挂在枝头
谷物结出饱满的籽粒
到了秋天
万物对人间都有一个交代
(《开在十月的栀子花》)

2024 年 4 月 7 日

(西衙口,中国作家协会会员。在《诗刊》《星星》等刊物有诗歌及评论文字发表。曾荣获北京文艺网第三届国际华文诗歌奖、"李商隐杯"诗歌大赛奖等。)

新岩画,新楚辞
——读景淑贞

吴元成

精美的石头会唱歌。方城有岩画,我是见过的。大约十来年前,我与同事踏访方城山野,俯身察看那些刻画、雕琢在岩石上的圆点、线条、图案,除了懵懂就是被震撼;那是数千年前乃至上万年前方城人上观星河、下察大地、内省自身的思想和情感。

方城有天眼石。乐于进山"寻宝"的朋友告诉我:"你要仔细寻找,但即便再仔细,也难保你一定能得到它。那是一种红褐色的砂岩,从外表看,它与其他石块无甚差异,只有切开来看,才能看到其中的奥秘——红褐色的底子上,居中就有一只圆圆的眼睛,专注地盯着你。往往是,一百块石头中,只有一块才有这样的'造化'。"

方城有黄石砚。虽不列四大名砚之内,但石质如玉、贮水不涸、发墨如油、如膏如脂,其声如磬,其色多变,为北宋书家米芾和黄庭坚所钟爱。

方城还有垭口。那是北宋水利工程襄汉漕渠之出口,也是南水北调中线自南阳盆地流向华北的必经之处。

精美的石头会开花。方城还有西汉法学家张释之,有"凿空"西域、被封方城的"丝绸之路"开拓者张骞,有空军英雄杜凤瑞。方城还有诗人,她叫景淑贞。

方城应该出诗人。

读景淑贞的诗,可以看到诗人笔下既有岩画的斑斓神秘,也有透视天地和人生的"天眼""诗眼";可以看到诗人像制砚之人一样精雕细刻,然后饱蘸生命之水、情感之墨,给我们描绘出多元的方城和多彩的内心。

诗人是用心爱这个世界的人。这两三年,大家都知道经历了什么。爱与恨,温馨与疼痛。景淑贞在《庚子年春,我们一爱再爱》中写道:

> 庚子年的春天,我已爱过一次
> 因为太过用力
> 我把这个人间爱得破碎
> 我爱过的花草都喊疼
> 可我还要再爱一次
> 替那些,在这个春天不能爱的人

我们都知道庚子年迄今,人类所遭受的苦痛,但只有诗人还能如此哀伤又如此达观,还能够继续爱。

用心写作是必需的。但,不那么用力,也是好的。近三十年来,中原女性诗歌写作呈现出多元化的风貌,蓝蓝、杜涯、琳子、扶桑、一地雪、阿娉、班琳丽、小葱等,个性都很明显。景淑贞让我们看到了河南女诗人的另一面:

> 立在河岸梳妆的白鹭鸟呢
> 两只热恋中的蝴蝶呢
> 夕阳下走过小桥的长发女子呢

这个春天什么丢了？
村庄街巷空无一人
只有风，只有风在寻找
翻山越岭，昼夜不停

《窗外，风在吹》告诉我们，生命有其脆弱，更有其顽强。而且诗人呈现给我们的是理性的光辉。又如《我该如何敬你》之一：

你离开后，一个秋天坍塌
小镇的天空倾斜，倒向冬日的荒野
我该如何敬你
九万里东风辽阔啊，揽下山川大河
却不够我放一杯酒

诗人的爱具体而广阔，天下在其中，爱情在其中。景淑贞带给我们的是深刻的共鸣：

我的心空着
我要在心里生一堆篝火
温一壶酒
放两把椅子，一张红木桌

通过阅读《今夜，似有故人来》，可以看出，诗人是善饮善醉的。从"一杯酒"到"一壶酒"，她要用乡情、亲情、

友情、爱情来消弭虚空和浩渺。

《左传》记载，楚国使者屈完在齐桓公所率诸侯联军前驳斥他的恐吓之论："君若以德绥诸侯，谁敢不服？君若以力，楚国方城以为城，汉水以为池，虽众，无所用之！"所谓方城，表里山河，楚域广大。

自屈原始，楚风汉韵哺育了多少作家、诗人。《史记》云："楚虽三户，亡秦必楚。"三户者，楚国贵族三姓屈、景、昭也。以《楚辞》为标志，屈、景、昭三姓还是楚国政治、经济、文化的缔造者、开拓者。

景淑贞做了很好的赓续，她的诗值得推介，值得好好品味。我们所能期待的就是，祝愿景淑贞更具"天眼""慧眼"，在黄石砚里继续研磨，去创作更美的新岩画、新楚辞。

是为序。

壬寅年正月
记于郑东楚居堂

（吴元成，河南淅川人。系中国作家协会会员，中国散文学会会员，河南省作家协会理事，河南省诗歌学会执行会长。）

自　序

景淑贞

人的欲望是无止境的。

我的第一本诗集《请叫我村庄里最美的女王》2020年秋的出版，对于一个土生土长的乡下女子来说，已是上天最大的恩惠，应该感到深深的满足。

我着实为人生中的这件大事满足了一段时间，也狠狠地高兴了一些日子。时光一刻不停地向前走着，野地里的草枯了又青，山坡上的花谢了又开，乡下的这些植物，没有停止对春天的渴望，亦如我对明天的生活，依然充满着热切的向往。

于是，便萌动了再次出诗集的欲望。这个欲望一旦生根，便在暗夜里悄悄滋长，抽枝长叶了。当然，这只是生活中意料之外的一件事，像在一大片玉米地里，突兀地长出一棵红高粱，落日下红着脸，低头站在风里，既有惴惴不安之心，也有让人怦然心动的美。

在辽阔的中原大地，远离繁华的一个山乡小镇，在小镇一个四面环山的小村庄里，一个再普通不过的女子，用沾满泥土的手写诗，本身就是一件突兀的事情。

初春时，我花费了好几个晚上的时间，整理2020年以来的诗歌。我没有刻意地按照诗的内容归纳分类，只

是按照时间顺序,把这几百首诗分成三册,顺其自然地呈现出来,算是两年多来我在这个村庄日日夜夜生活的一个缩影吧。

回想这几年写诗的经历,我不止一次问过自己:为什么要写诗?写诗是为了什么?这两个问题就如一个人对着空茫茫的天空发问:人为什么要活着?活着是为了什么?

对于逻辑思维能力极差的我来说,不能为自己找到一个满意的答案。我只知道,对我来说,烦琐平淡的烟火生活之外,就只有诗歌了。

经营小超市以来,我并没有完整的写作时间,很多的诗都是在顾客的来去之间抽空写成的。或是一边做饭,一边写。再或是夜里醒来,有时一点,有时三点,那时真安静啊,窗外几粒星光,村庄里没有一点声音,整个世界仿佛只剩下我一个人。不,仿佛我也不存在了,只剩下一支瘦弱的笔,领着一群词语,在白茫茫的纸上孤独地奔走着。

我在一首诗完成之后的亢奋中,快乐着小小的快乐,幸福着小小的幸福。人间低处,我没有锦衣华服来裹住自己的渺小和卑微,只能用诗歌作外衣,抵挡生活的虚空,抵挡冬雪夏雨,抵挡人间四面来风。

如此,就无限美好了。这无限的美好,我指的是诗歌。而诗歌之外,是并不优雅,也不诗意的烟火生活。

和千千万万乡下女子一样,在这个四面环山的小村

庄里，我过着先人们留下的"日出而作，日落而息"的平凡生活。只不过是从2016年经营一个小超市以来，我从粗粝的农活中脱离出来，不再下地锄草施肥、点种收割，而是每天和满屋子的商品、来来往往的顾客打交道，开始另一种单调乏味的生活。

像我这样一个不善言辞、不喜交际、不会动用心机的人，偏要莫名其妙地去经商，直到现在我还对生活的这个转折点充满疑惑。还好，我是在乡下，一个仅有一千多口人的小村庄里。还好，这片土地上民风淳朴，村民们善良厚道。

一个所谓的不懂经商之道的生意人，居然爱上文字，爱上写诗，且一爱便不可回头，这又是一个至今让我费解的问题。

并不是世间每个问题都有答案，对于这种偏离正常逻辑关系的问题，只当是头顶飘过来一朵云，你用想象力给它穿上小裙子，或是戴一顶太阳帽，天空之大，由它去吧。

是的，天空多么广大！而渺小的是我们。

我在由大大小小的商品围成的百十平方米的空间里，日复一日，年复一年，重复着同样的日子，没有横渡人生的野心，只有与诗歌永远相伴的欲望。

这欲望如同盛夏的草木，有庞大的根须，有蓬勃的叶茎，有对脚下这片土地的深爱之心。

说到爱，仿佛六月那些温热的词语都来到了我的笔下。你看:窗外夏天的花朵灼灼地开着。田野上的谷物,在大地之上,天空之下,野野地生长着。远远的山中,布谷鸟高一声低一声地叫着。我爱的人和爱我的人都平安,无恙。

这人间滚烫啊!我,不能不爱。

2022 年 6 月 9 日

目 录

1 　庚子年春,我们一爱再爱
2 　窗外,风在吹
3 　春天还有多远
4 　黄昏,一再低垂
5 　大雪
6 　大寒
8 　春天是轻的
9 　立春
10 　不说话的春天
11 　庚子年·情人节
12 　雨水
13 　我要下雨了
14 　春分
15 　又轻又美
16 　春天慢啊慢
17 　读你
18 　梅花开了
19 　月亮又弯一次
20 　不可说
21 　透过芦苇

22	臣服
23	三月的情诗
24	春分
25	遇见桃花
26	静坐
27	又清明
28	梦见你
29	这样的时辰值得怀疑
30	谷雨
31	夏天,是用来相爱的
32	我想为你挡一场雪
34	穿不过针眼的线
35	在异乡
36	秘境
38	小满未满
39	深陷
40	芒种
41	六月的麦田
42	爱到不能爱
43	万物生长
44	六月
45	2020年我写什么呢
46	蝉
47	黄昏长出细小的耳朵
48	大风吹过我的村庄

49	那个村庄
50	野地上开满鲜花
51	她中了月色的蛊
52	去南方
53	致陌生人
54	明天
55	乱草坟
56	贝壳风铃
57	同类
58	艾草
59	夜晚来临
60	江水
61	端午,写给哥哥
63	意义
64	虚构
65	六月的旷野
66	仿赞美诗
67	我见过
68	告诉他们,我度过了极好的一生
69	我们的夜晚
70	此时南风
71	只有风吹过树梢
73	寂静
74	转角
75	出生地

77	大雨将近
78	后半夜
79	流水
80	与己书
81	大暑
82	赞美
83	半个月亮爬上来
84	下沉
85	黄昏雨稠
86	写给海子
87	囚徒
88	恨晚
89	我用右手,堵住一个漏洞
90	秘密
91	对峙
92	我们
94	青杏
95	庸常
96	等
97	明天过于美好
98	听一支曲子
99	九月
100	我们一起虚度时光
101	我在意的时辰
102	走在父亲身后

103 午夜

104 秋日无边

105 我只写我的故乡

107 一场雨从黄昏开始下

108 我在低处，把自己往星光下挪

109 九月的悬崖

110 秋分日

111 西风独自凉

112 我用诗歌取悦人间

113 最后

114 我和一个村庄的关系

115 我听见那些声音

116 风中的瓦罐

117 他乡明月

118 无处可寄

119 秋风起

120 旧时光

121 深秋

122 月照青苔上——培田古村之夜

124 秋天回来了

125 明天是好的

126 黄昏低过眉头

127 明日寒露

128 旧时天气

129 寒露

130　秋风薄

131　给你

133　无尽处

135　夜的黑

136　我还有多少这样的夜晚

138　中年辞

139　十月

140　别

141　这样的时辰让我战栗

142　百日菊

143　一个人的黄昏

144　悬崖上的野菊花

145　午后

146　清晨的阳光铺满庭院

147　天又黑了

148　秋意

149　只是，又近黄昏

150　纸上的春秋

151　我是一棵艾草

152　霜降辞

153　重阳

154　孤单

155　人在深秋

156　明日有霜

158　十月辞

庚子年春,我们一爱再爱

花是从一座城市,樱花的粉里
过长桥,走深巷
跋山涉水一路开过来的

草是从一颗狗尾草种子
战战兢兢的梦里开始绿的

雨水来之前
已有一场一场雨水
从一双双眼睛里落下了

庚子年的春天,我已爱过一次
因为太过用力
我把这个人间爱得破碎
我爱过的花草都喊疼
可我还要再爱一次
替那些,在这个春天不能爱的人

2020年1月1日

窗外,风在吹

这个春天丢了什么?
田野上的风筝
广场上的摇摇车
孩子们的溜冰鞋

立在河岸梳妆的白鹭鸟呢
两只热恋中的蝴蝶呢
夕阳下走过小桥的长发女子呢

这个春天什么丢了?
村庄街巷空无一人
只有风,只有风在寻找
翻山越岭,昼夜不停

风着急的时候
会把灰色的天空撕开一道口子
掉下闪电和雷鸣

2020年1月2日

春天还有多远

困在这里,四面都是冷
北风领不出来一个人,领着一条羊肠小道
孤单单地往山那边去了

我踮着脚尖,又往高处跳一次
没有喜鹊落下来
还是够不着悬在大槐树上的好消息

出逃的愿望一天一寸地生长
比球兰的叶子长得快
比不幸的消息长得快

几朵杜鹃的花骨朵儿,躲在墙角
握着粉红的小拳头
对准南方

春天还远
没有迎上来的胸口

2020年1月6日

黄昏，一再低垂

村庄里的一缕风向西倾斜
天空低了下来
落日往下掉
远山的肩膀扛不住了

暮色像布匹一样缠过来
一圈一圈，越缠越紧

一只无家可归的麻雀
站在光秃秃的枝丫上
把低下来的黄昏
又压低三分

2020年1月7日

大　雪

地上的白,墙壁的白,床单的白
都源于一场大雪
它从一个村庄落到中医院
心病区802房间

二十五摄氏度的室温
蓬勃的绿萝
它们试图掩盖住什么
疼痛,胸闷,气短
脑梗死,甚至死亡

其实什么也掩盖不住
一场大于大雪的雪
积攒了七十五年
落在她头上
白茫茫一片

2020年1月15日

大　寒

"你能搅动什么呢"
寒冷浓稠
天空倒扣不下来一碗蓝

丝瓜秧缠在椿树上
仿佛渴死又想活过来的爱
而天竺葵这小娘子咧着嘴
又笑得很有异域风情

的确
你处于一场事件偏南
接近春天的位置
关于炉火的,雪的话题
还在争论

院门开合之间
一只狗出去
一阵风进来
那些暗处的事物也蠢蠢欲动

不能否认
一对野狐狸在雪地上跳舞
是你在夜半时分
伸出小拇指
引诱出来的

2020 年 1 月 20 日

春天是轻的

风是轻的
阳光是轻的
我想你也是轻的
含在眼里的泪是轻的
落在纸上的字更是轻的

门关着,窗关着
我们低声谈论到生死
关在院墙外的干枝梅
轻轻地开着

2020年2月1日

立 春

十里的风里什么也没有
雨做的云
潮湿的耳语
燕子的呢喃

甚至,薄冰的碎裂声
筋骨舒展的咯吱声
一只拳头和天空的撞击声

花朵,果实
还踟蹰在路上
远方,雾霭沉重

邻家晾衣绳上
一件婴儿罩衫颜色鲜艳
像旗帜一样迎风招展

2020 年 2 月 4 日

不说话的春天

吸足了春光的墨水
在风中沉默,回不到纸上
春天的拍门声咯吱咯吱地响
那么多用旧的词语
用坏的句子
不够我疼
不足以让我大放悲声

一棵从墙角瓦砾下钻出的小草
歪歪扭扭的身子
比一首诗生动了很多
它柔嫩的小手揪住我的心
一下一下在春风里摇晃
我捂紧嘴巴
不发出一声叫喊

2020年2月14日

庚子年·情人节

草色尚浅,绊不住脚面
而所有的玫瑰花
在这一天全部打开自己
我们之间,隔着几百里芬芳

这芬芳一路蜿蜒到纸上
我在纸上写下
类似于天长地久的句子
每个句子都自带一只酒杯

今夜,假设十里长亭上都是
久别重逢的人
今夜,三万英尺的黑埋下来
我们还是白得像刚刚开始相爱

2020 年 2 月 14 日

雨　水

手握一杯春风的人
握着春天的半壁江山

不饮也是醉的
头重脚轻斜靠在一支老歌上

歌里的长调
长过一条解冻的河流

再斟上几声鸟鸣
土地松软，很难起身

坐在一大片野草的欢呼声里
月季新发的芽伸出嫩红的尖指甲
指着远处

山坡，田野，河流
都是你的

2020年2月15日

我要下雨了

不能再好了
阳光再这样好下去
风再轻些
花朵就管不住自己了
野草一波一波翻过来的绿浪
会把村庄淹没
我也会在没过脖颈的花香里
神志不清,语无伦次

不要对我说三月桃花
不要对我说一棵麦子的野心
我要阻止身体里的一条河流
让它重返天空
我要摁住身体里奔跑的一阵风
掐灭它带过来的一场火

云朵压过来,比爱沉重
抠一个窝重新种一个明天
我要下雨了

2020 年 2 月 19 日

春　分

不提随心所欲的草
想怎么绿就怎么绿吧
不提穿过柳枝间软软的风
想怎么"妖言惑众"都行
更不提桃花
我们命里相克不相生

我提着竹篮
虔诚地去河里打捞雨水
当然逃不过一场空的劫命
我的影子跌进水里
和一群游鱼相撞

春日辽阔
没有人看到发生在水里的这场事故
鱼群四散
我看着自己弯曲的身子
在水面波光粼粼

2020 年 2 月 20 日

又轻又美

春天,不安分
涂脂抹粉
放出体内的香
制造颜色的旋涡

那么多人想入非非
有人想做新娘
有人跟着风流浪
有人和一只蝶私奔

我想从自己的肉身逃离
死去一次后
重新长出翅膀
像天使,在你的梦里飞

2020 年 2 月 26 日

春天慢啊慢

提笔给你写信
阳光晴好
雨水之后多日未雨

我种下的明天没有发芽
田野上的风找不到放风筝的孩子

每个黄昏落日依然沉重
长发中分的女子一步三叹
衣袖牵着那条河流

写到隔岸桃花
惊觉是千年前的红粉往事

邮差的马车哐哐当当地驶出我的村庄
八千里长路,由它去吧

2020 年 2 月 27 日

读 你

我知道,这样很危险
一路上你设置谜语
在花朵上布下陷阱

我一直猜,贪婪地舔花骨朵儿上的蜜
一次次,从月光的悬崖掉下去
又银光闪闪地爬上来

春天又一次来临
春风的钥匙在锁孔里转动
我住在你谜底的最后一个字里
和人间做着相互来往的亲戚

2020 年 2 月 27 日

梅花开了

黄昏又冷又长
雨丝软细
和黄昏的长度一样

两条蛇一样的绳子缠绕着
试图捆住什么

墙外的梅树上
挂着上千个花骨朵儿
一小朵是一只妖

两根绳子又紧了一圈
还是什么也捆不住

2020年2月27日

月亮又弯一次

不过是同一阵风
从你的城市刮到我的村庄

不过是同一场雨
翻过南山落在我的屋顶

不过是同一轮落日
从你的左肩换到我的右肩
掉下去时我们听到一样沉重的回声

不过是月亮又弯了
弯月如刀
再次割开我那缝合的伤口

捂住胸口
我像剪过的花枝
一边发芽,一边哭泣

2020 年 2 月 27 日

不可说

我们还不曾举杯
已有酒盏破碎之声
砸着脚面

你看这春风圈起来的疆土
澎河为界
以北归你,以南归我

你是云,是雨,是梦

我是粉,离开花朵
我是蓝,逃离天空
而此时,我是黑

我在夜里
无边无际的黑
是一个人施的咒语

2020年2月28日

透过芦苇

野草返青的欢呼声很高
高过流水之声
一棵芦苇喊一声
一大片芦苇呼应
野草低下去

——它们有什么秘密

白鹭鸟没有来
两只野鸭没有来
一场雪曾经踩着它们的头顶走过去
没有留下一丝痕迹

风吹过来
它们又一次扬起手臂

而远处,油菜花开了
一大片金黄

2020年2月28日

臣　服

先是摇摇晃晃的小草
再是柳枝上战战兢兢的一小把春色
一点一点进攻
村庄,田野,山坡,依次沦陷

我倒掉雨水,裙摆里的一窝春风
擦去一些花朵的明艳部分
——油菜花的黄,桃花的粉

我取出某些部位
——胸口、胳膊、胃的疼痛
我轻了起来

后来,我匍匐在地
成为一棵小草
做春天臣服的子民

2020年3月3日

三月的情诗

这些花都有名字
梅,桃,杏,玉兰
允许一个男子喊

"丫头,研墨来"
若给姓氏
允许她们都姓春

我在暖阳下
一袭红装
风一撩我也开着花

不要姓氏
重新给我一个名字吧
你轻声呼唤"丫头"

我低眉回应
"哥哥,墨研好了"

2020 年 3 月 7 日

春 分

屋檐下归来的是谁家新燕
这黄昏滴落的雨也不是旧时相识
门前的桃花开得和往年一样
攀枝折花的都是新人

我依旧长发中分
迎着月光跳《风筝误》
依旧在灯下读泛黄的老书
只是夜夜敲窗的都是新愁

陶瓷罐里煮的老茶已放凉
持壶的人起身再续
倒出一句"人面不知何处去"
浩荡的春天空了一半

2020 年 3 月 19 日

遇见桃花

山野的桃花
穿着和我一样粉红的衣衫
我描淡眉,她涂红唇

我们眼里含过相同的一场雨水
哭泣的姿势也一样
捂着脸,不出声

甚至,我们的爱也有相同的部分
都在冬天死去
不同的是她的已经活过来

我们互相注视,目光陷进目光
我们相互诱惑,悬崖和悬崖相撞

我们伸出艳红的尖指甲
掐进彼此的肉里,谁也没有喊疼
暮色一路追过来,我们谁也没有逃离

2020 年 3 月 19 日

静　坐

还打算在这样的时辰里抱膝坐多久
墙下野蔷薇的新枝上已长出小刺
让人担心会挂住翻墙而来的风
——它们怀揣着一个人的秘密
穿着软底布鞋,没有提灯笼

你一直没有挥动手臂
也不打算起身托一下西沉的黄昏
暮色用完,夜色又用去一半
你的身体没有升起明月
无法照亮窗台这一小块黑

剩下的一半夜色你换了个姿势
还是不能把一个名字念完整
南窗下的紫荆花把一串香气递过来
像一张芳香的纸巾
其实你没有哭,哭的是划破了肌肤的风
它们从背后扶了扶你微微颤抖的肩

2020年3月23日

又清明

蘸了一个春天的雨水
才把天空擦洗得又蓝又净

清晨松开紧握一夜的手
放出大朵大朵的白

悬在枝头的鸟鸣
像谁在花丛下放出的悲声

今年雨水充足,够很多人哭
也适合点种

那些把自己种在土里的人
已长成蓬勃的草,一棵婀娜的柳
甚至长成山岗上没有姓氏的花

我试着把自己种在一小块阳光里
像种一棵豆角,一株丝瓜,一粒花生
路过我的人,都急匆匆赶路
而我,等着发芽,开花

2020 年 4 月 5 日

梦见你

外婆,你还是没有告诉我
阴间到阳间的路上
翻几座山,过几条河
沿途你是不是忘了做标记
忘了插上一棵柳
撒下指甲花的种子

六年了,我搭在那个春天的梯子,一直空着
直到今夜,你扶着梯子走下来
我在梦里,以为还是梦一样不真实

你只是含笑看着我
让我觉得你那里的春天依然风和日丽
你没有再添白发,我知道你在那边安好

外婆,尘世的风霜打不到你
你居住的山岗啊
青草还是那样繁茂,野花遍地

2020年4月12日

这样的时辰值得怀疑

大地是倾斜的
夕光,鸟鸣,河堤的柳,对岸青山
都缓缓地向这里流过来

我是清澈的小潭
有荡漾的春水,丰盈的水草
裙摆里有游动的鱼群

那些倾斜的事物流向我
照出干净的影子
我确信你的影子也在

青山之后你朝我招手
春水停止荡漾,鱼群停止游动
时光继续倾斜

2020 年 4 月 19 日

谷　雨

雨从花朵里起身
穿过一些谷物行走的路径
顺着屋檐下来,经过我的手心时
还带有桐花的体香

我剔除记忆里一些坚硬带刺的部分
想把这样的时辰撑得更久些
如同掰着桐花的花瓣
不让它的喇叭闭合

然而,能撑多久呢
你已从我心里推门出去
跨过长桥,远远地往春山那边去了

我徒劳地点亮灯盏
春光还是一点一点暗了下去

2020 年 4 月 20 日

夏天,是用来相爱的

月季花瓣和曦光轻轻摩擦
一个时辰被点亮了
一只蝴蝶扇动着薄薄的翅膀扑了过来

田野上一大片麦子吐出的气息
和身怀六甲的女子呼吸一样粗重
男人举起锄头抠出一个窝
女人把一粒种子丢进去

蓬勃的野草,把夏天举上矮墙
一朵喇叭花张开的幅度
和我跳舞时裙摆飘起的幅度一样
布谷鸟婉转的叫声把白天拉长
花香,曦光,影子,各种事物穿过我
我身体里都是爱的回声

2020年5月4日

我想为你挡一场雪

很多时候,我在一些时光里看你
——有时黄昏
有时细雨
有时夜半更深

看很多个你
——梳麻花辫子,腰肢纤细的你
油灯下纳鞋底子的你
站在风雪路口等我的你
扒着锅台门吹火的你
望着空了的面缸发呆的你
一边洗衣一边流泪的你

现在,我很少看你
我看田野里腰身粗壮的麦子
看被风雨抽打得满是裂痕的老树
看夕阳从山顶一点一点沉下去
——它们都像你

此时窗外杨花胜雪
母亲,我想挡住时光,往回再退十年
母亲,我想挡住一场白茫茫的雪呵
不让落在你头上

2020年5月8日

穿不过针眼的线

对着门口射进来的阳光
你眯起眼睛
拿着针线的手又往高处举了举

那时青黄不接的春天
寒风吹彻的长夜
被你捻成一根长长的线
系着孩子们此起彼伏的哭闹声
轻易穿过时间锈迹斑斑的针眼

而这一根细如发丝的线
你怎么也穿不进去
我接过你手里的针线
你鬓角的白,门口白亮亮的阳光
明晃晃刺着我的眼

2020 年 5 月 9 日

在异乡

能确定的是,我是自己醒的
窗外的鸟儿不是村口大杨树上那群鸟
它们叫的不是我

头顶的天空不是我的
它看我时眼神冷漠
云朵也不是,没有提小裙子

风从哪里吹来
没有方向,没有姓氏
我村庄里的一窝子风都有名字
——大丫家的,五奶家的
南坡的,北洼的,二道沟的

那么多的人来来往往
都是他们的亲人
我的一个亲人来看我,翻山越岭
在梦里走了一夜
我的胸口被踩得生疼

2020 年 5 月 15 日

秘 境

混迹于草木中间
由浅绿到深绿,再到枯黄
我和它们一起谈论
一片田地的收成
麻雀们小小的国度
偶尔也会谈到,有关蝴蝶的美学

当它们谈论天空、云朵、雄鹰
这些高处的事物时
我更加微小
我的气息
暴露了我的身份

它们会沿着一条隐秘的路径
一路追踪到五月
我是一粒泛黄的麦子啊
此时正抱紧
脚下的大地

我衣衫朴素

面容憔悴

而对人间的热爱

圆润,饱满

一片金黄

2020年5月15日

小满未满

南风尚小
还不能把麦子吹黄
麦芒柔软,扎着手心不疼

云朵把天空往更远更深处挪
我在青黄交接处,青绿也不是
深黄也不是

月牙泡在天空的水盆里
一天一个样

2020 年 5 月 18 日

深 陷

快挡不住了
云朵再白一点,一大瓢蓝就泼下来

田野里的麦子,接住这蓝
风过处万物的欢呼声
高于流水打的响指

村庄葱郁,树木一意孤行地绿
我羞于掏出和一些草木的爱恋
月季花比我的孤独明艳

五月的蒿草,向死而生
我在天空之下,大地之上
深深蓝了下去

2020 年 5 月 20 日

芒 种

麦子收割之后
田野袒露着麦茬的伤痕
我在白鸟低飞的黄昏
在这些罗列齐整的盛大的虚空里
想象麦子倒地的轰然声响

向日葵花盘鼓胀
即将撑破一个严守的秘密
从春到夏,万物生长有序
而我,总是一次次把这样的次序打乱

我举着一棵麦子的卑微渺小
与人间的丰盈推杯换盏

2020年6月1日

六月的麦田

从一块麦田到另一块麦田
从一幅油画里出来
进入另一幅油画
从一种金黄进入另一种金黄

在六月的田野上,你是迷失的
一会儿是梵高,一会儿是向日葵
一会儿是沉默的诗人
一会儿是他笔下奔涌的词语

风吹麦浪,大地起伏
这时,你是一位即将分娩的母亲
正进入阵痛来临前的
恐慌和幸福

2020年6月2日

爱到不能爱

星光照不到我
一些花朵的盛放绕过我
山水从我身体里退出后
潮汐不再涌动

"你还能爱多久"
横渡六月的竹篙悬在空里
月季花已面带倦容

夜的阴影从头顶落下来
打着我

2020年6月3日

万物生长

南风掠过正午的村庄
阳光的碎片相互碰撞，发出悦耳的声响
这细小的美好
让我把赞美过的事物重新赞美一遍

田野里一片枯死的草是好的
它们向死而生的站立让人心生敬畏
一盆情人泪，泪眼婆娑
这人间情事，值得一哭

田间劳作的人，又一次弯下腰
把长歪的秧苗扶正

2020年6月3日

六 月

相比一些植物的肥厚
花朵瘦了许多
向日葵的头垂得更低了
一点一点承认命运的厚重

我们都在认命
在张湾村的土地上
领取自己的水命,火命
继续奔腾,燃烧

我领着自己的土命
继续向大地躬身
领取盐,苦水,果实

2020年6月16日

2020年我写什么呢

春天旧了
被我用很多赞美的词语写旧了
夏天写了一半
蛙声、雨声盖住了墨水在纸上的奔走声

荷叶圆圆
一朵荷花欲放时,我止了笔
一只蜻蜓悬空在一个诗人的第四句诗里
迟迟不肯落下来

接下来呢,果实要熟,秋草要黄
我的纸上,像落了一场大雪
白茫茫地空着

2020 年 6 月 16 日

蝉

你不要怀疑我的一身黑衣
黑衣里裹着的是坚硬的岩石
尖锐的利器
和背部一座小小的火山

我是洁白的
我不食人间烟火,我饮清风白露
我对人间敞开的爱清澈干净

我日日为你而歌
如千江有水,我只取你一瓢止渴
拥挤的人世,我只为你一人侧身

盛夏的枝头
我把一首歌唱到无词、无调
只剩下高音部分

2020年6月16日

黄昏长出细小的耳朵

一只白鹭鸟驮着黄昏
慢慢往夜色里拽
一条河流跟着
岸上的白杨树林跟着

一片芦苇迟疑着
它头上芦花的白
和白鹭鸟的白轻轻碰一下
暮色里就响起呼哨声

村庄里次第亮起的灯火
让我感到温暖
我有亲吻人间的欲望

可是我不能说爱
空气里都是细小的耳朵
都在侧耳倾听

2020 年 6 月 16 日

大风吹过我的村庄

这次,它们把平底布鞋换成高跟皮鞋
门窗,屋顶,青石路上
都有笃笃笃笃的回声

每个回声里都有一个时代的命题
那些书写的人托腮沉思的样子
和落日下村庄的侧影一样美

走累了,它们也会换一种姿势
放下直立行走,俯下身
如流水匍匐大地

这么多年,我以迎风的姿势
在村口站立
那么多颗粒状的爱
从四面八方吹来
我一次次捂着脸
蹲下身子

2020年6月16日

那个村庄

这么多年,走过那么多条路
没有一条路能走回母亲的子宫

一个村庄挨着一个村庄,没有一个村庄
我一喊,它就像亲人一样答应一声

那条河流一直在我的低处回旋
这么多年流不出去
以至每次向大地俯身,我都按住胸口
那些漏风漏雨的茅草屋
我走一步,它们跟一步

我长个子,长细细的皱纹,长第一根白发
那片黄土地里长出手,捏着我的乳名
隔多远,它稍一用力,我的心就疼

多年以后,一把薄薄的黄土埋我的骨
母亲,我相信来世
在那个村庄
在那个寒霜落下的九月的凌晨
你再生我一次

2020 年 6 月 16 日

野地上开满鲜花

是的。它们举着酒杯
每一杯里
都有你沉浮的影子
是你离开人群之后
被另一种喧嚣捉住

是的。一朵一朵寂寞
连成一大片红,一大片粉
堆积起来的喧嚣

你又一次被围困。可能是词语
来自散落的句子
也可能是洪水,来自岸堤

它们不知道的是,你是其中的
一小朵蓝
从悲伤中离开,又回到悲伤中间

2020年6月17日

她中了月色的蛊

没有开灯
月色落下时有些凶猛
她恍惚了一下
白瓷碗里溅出来的月色
溅到她胸前
衣襟上的小碎花摇晃一下
跟着晃动的,是背后那一小缕风

如同在岸边,细软的浪埋过她的脚踝
没有钟声,没有江枫渔火
提一壶酒的人隔在对岸

月色又狠狠打下一重
她按住小碎花的摇晃
白瓷碗里的月色溅了她一身

2020年6月17日

去南方

如果去
我该穿天青色长裙
带上油纸伞
去配南方的烟雨绵柔,小巷悠长
我该长发垂肩,去迎当空的风

坐绿皮火车
从清晨开始
要经过几个黄昏,几个夜晚
要有夕阳,有月光
轮流照在车窗上

火车慢悠悠穿过山洞,穿过田野
我会有刹那间的恍惚
这不是远行
我是奔赴另一个故乡

2020 年 6 月 17 日

致陌生人

不过是,被一场雨捆绑
我们囚禁在同一个屋檐下避雨

人世狭窄拥挤,你的肩擦着我的肩
彼此回头看了一眼

我鼻尖上的雀斑,你眉间的黑痣
在明亮的雨里,各自醒目,独立

不过是,我们在脸上设置谜面
谜底捏在手心里

雨松开绑绳
我们回归熙熙攘攘的人群

不过是,各自转身
我们把谜底随手丢进风里

2020 年 6 月 17 日

明 天

雨何时停下来?
我想要的明天何时会来?
这两个问题,我不知道
放在谁的篮子里被谁提走

两只河岸低飞的白鹭鸟
翅膀扑打的声响潮湿,细微
响声落下弹起一些草木气息
薄荷的、艾草的、青蒿的、合欢的
它们拧成绳,把我往夏的深处拽

我一下一下跳过
路面的顽石
河流的漩涡
山间的峭壁

雨会在月亮爬上山头时停下来
时间的尖指甲,会把明天坚硬的外壳剥开
露出清甜、醇香、绵软的果肉

2020年6月17日

乱草坟

乡下,野外,乱草中
许多坟都没有墓碑
它们有一个共同的名字
——乱草坟

成群的麻雀,飞来又飞走
结队的乌鸦,飞来又飞走
双双对对的蝴蝶是
一沓一沓的时光也是

只有清明的雨,年年来
有时来站一会儿
有时从清晨站到天黑

2020年6月19日

贝壳风铃

窗台落满灰尘,蜘蛛结满网
这间屋子许久无人居住
它还在窗口挂着

一片悬空的海,让记忆倒立
风来时,它还叮当作响
制造涛声,制造潮落潮起

那年的渔火已熄灭,江边清冷
捡贝壳的人,合在时间的贝壳里
被浪潮
越推越远

2020 年 6 月 19 日

同 类

天晴,有风
我的绿裙子旋转的弧度
和荷叶一样圆
我衣衫上的小碎花一摇晃
一只花蝴蝶就扑过来

我们淋过相同的雨
我们抱过相同的月光
我细细白白的根须伸进土里
嗞嗞的吸水声和草木一样

风再大些
我和一片野草前呼后拥
我们一起咯咯地笑
我掩着面,遮挡着左脸颊酒窝里
私藏人间的一杯酒

2020 年 6 月 19 日

艾 草

跻身于五月
跻身于千千万万棵草木中间
也有了和万物一样的蓬勃之心

大片大片的香
从单薄的身体里放出来
翻过南山,一直向南

村庄之外,山野之外
一条河流停止呜咽、悲鸣
水声潺潺,水声潺潺啊
是一株艾草
对人间敞开的一望无际的爱

2020年6月20日

夜晚来临

天光昏暗
万物的影子都模糊不清
而你的笑容清晰
唇边有星光的折痕

夜色涨上来
月光丝绸一样滑落地上
万物交谈的声音柔软
你的衬衫白出温暖的泪光

隔着一道门槛
我在门里,你在门外
八百里夜色,横在中间

2020 年 6 月 20 日

江　水

流到此处,缓慢下来了
如同一个面带倦容的妇人
身后拖着长长的暮色
脚步迟疑,走过寂寥的街巷

涉江而来的人
沿江而上的人
采红莲的人
都在暮色落下之前,不知去向

剩下的长夜
激流,漩涡
只有江边的芦苇,白着头陪着

2020 年 6 月 22 日

端午,写给哥哥

哥哥,你是知道的
此时万物都有野心
四面八方长出手
我被掏空,又薄又脆又冷
藏不住风,也藏不住酒杯

意尽,词穷
哥哥,我手腕无力
提不动笔,也握不紧镰刀
有人割艾草插在屋檐下
他们一举起镰刀
我就觉得被拦腰割断的是我
千年前有人投江自尽
恍若我手里也捧一把重整的山河
我试着把自己投进一条河流
而河水仅够淹死一只松鼠

哥哥,今天你要跑遍南山
找到一片足够大的粽叶
裹进糯米、红枣、豆沙
最后把我也放进去

用你怀里的温暖,文火慢煮
我要在黑夜来临之前
温热,绵软,香甜

2020年6月24日

意 义

一场雨在梦里下了一夜
我没有淋湿
你撑了一夜的伞

夜里的一些美好———
星辰,月光,草叶上的露
从一只鸟的叫声里
滚落下来

如同人间的美好重新到来
我模仿一只鸟,朝你
拍打一下翅膀
张张红润的小嘴唇

2020 年 6 月 24 日

虚　构

一直是晴天,温暖得让人有些悲伤
再这样下去
百日红就开得不耐烦了
它们有了自焚的心

你得虚构一场雨,假装我们在哭
如果眼泪是蓝色的
你要绕过天空和大海
在目光的尽头接上一截春天

假设我们再度相逢
你眼里的泪光,闪着桃花的粉
近似于《诗经》里的爱情

2020年6月24日

六月的旷野

要说到辽阔,说到放荡不羁的草
单这些还不够
还要有低低盘旋的鹰,野蛮生长的树

不是一道山岗拦着
那些空旷就没有了边际
走到这里的人,都会管不住自己

心里的缰绳一圈一圈地松开
一群小野马冲出栅栏
这里没有文人,雅士,写诗的人

在六月的旷野上
我们都是手持马鞭
歌声嘹亮的牧马人

2020年6月24日

仿赞美诗

相对于一株百日红的红
落日有些昏黄
相对于落日,我又枯黄了三分
对面坡上一片野草全部枯黄
相对于我,它们是死的

它们举着一大片死亡
倔强地站着不倒
如同固执地向人间
再讨要一个完整的春天

如同每棵草的手里都有一面旗帜
风从远处呼啸而来
它们呼叫着
好像会冲上去

2020 年 6 月 24 日

我见过

一只鸟,躺在马路中间
车辆来来往往
它越来越薄
薄成一张纸

书写并没有开始
哀鸣压在纸张下面
车轮与柏油路面继续摩擦

黄昏里飞着那么多羽毛
仿佛悲伤的句子
急于回到纸上

而笔在笔筒里沉默
墨水在笔管里黑着
书写者困在雾霭里
不能把自己搭救出来

2020 年 6 月 28 日

告诉他们,我度过了极好的一生

清晨的露水打湿我的裤脚
衣襟时常沾满泥巴、草籽
我带着它们,踩着薄薄的晨光回家

我的口袋里装着云朵和鸟鸣
我背着雨水,也抱着火焰
我握着闪电,也捏着雷声
大多时候它们相安无事
偶尔碰撞,我也打着响指
欣喜于人世间的嘈杂美妙

很多年追寻硕大的落日
追至暮色四合,山穷路尽
若挥手告别
最后转身,我的小手陷进一双大手
我的身体陷进一个男子的怀里
看了我一生的一双眼睛
看一枚落日般
看着我一点一点西沉

2020 年 6 月 29 日

我们的夜晚

熄灭最后一间屋子的灯光
你熄灭白天阳光下的幻觉
——担心的车祸,跌落河里的云朵
一朵花凋谢的愁苦,一阵去向不明的风

星光下的屋顶不会让人猜疑
树木们高大的影子真实可信
我们低声交谈,在黑暗中辨认

我辨认出你鬓间一根白发,确定这样的白
和白雪的白,同样有灼伤眼睛的锋芒
我辨认出天上哪两颗星星,对应我们的位置
辨认出高大的白杨树上,哪根枝丫上的叶片
伸着柔软的小指头,指着我们的房屋

2020 年 6 月 29 日

此时南风

时光忽然停住
你出现的那一刻
南风一个趔趄,荷叶旋起绿裙子

而蔷薇花的香四处碰散
一束碰在墙上,一束碰着屋檐
还有一束惊慌失措
碰着我的额头

你朝我点头微笑
南风又起,时光重新开始走动
远山连绵,如一个人的胸脯
一起一伏

2020年6月29日

只有风吹过树梢

她在白纸上搬动黑字
把黑夜搬进白天
把白天搬进更白的白里
她从泥土里站起来
周身挂满清澈的露珠

她想抵达的远方,星空低垂
芳香低垂
人们搭乘的列车,都开往春天

她想把天空中灰蒙蒙的云朵摘下来
雷声,闪电,摘下来
没有熟透的蓝,也摘下来

空荡荡的夜里,只有风——
吹过屋顶,又吹过树梢的风
把一代人吹进土里的风
把满坡荒草吹绿又吹黄的风

她领着一群黑字在黑夜里奔走
仿佛领着多个分身的自己
她们搬动命运的齿轮
让它朝另一个方向转动

2020年6月29日

寂 静

钟声隐隐
寺庙青灯下打坐之人
想必正手捻佛珠,双目微合

对面山中
杜鹃鸟叫声婉转幽怨
应是梦里失语,喊了谁两声

一只野兔从荒草间慌张穿过
夜猫子嗖的一声蹿过屋顶
墙外什么花夜里急着赶路
扑簌簌往下落

午夜了,她手腕上的情侣表嘀嗒嘀嗒
像一个人的心跳
叩和着她的脉搏

2020 年 7 月 1 日

转　角

无法怀疑人间的美好
——云朵硕大,天空蔚蓝
一只鸟飞过
一片杨树叶轻微地战栗
南风扶着喇叭花爬上矮墙
野蔷薇丛中探出无数只小耳朵

一支曲子从一扇窗里轻轻飘出
衣襟缀满阳光的女子
忽然蹲下身子抱住自己
阳光从她身上落下来
一片暮色早于黄昏
从她脚下升起

2020年7月2日

出生地

描述你之前,我一直在寻找

一些词语太光鲜亮丽

配不上你老屋顶上的茅草

也配不上村口鬼柳树上暗灰的鸟窝

甚至墙缝里侧身而过的黑褐色的风

土墙的黄,黄土的黄

我面黄肌瘦的黄

总是在黄昏

明晃晃的

晃出我的泪光

允许风吹着纸片、沙土,满村庄跑

允许一个女人坐在倒塌的破屋前呼天喊地

允许月光照出木窗上的暗疤、虫洞

照出梨花的白、桃花的红

照出一只黄狗从土里扒出的一块白骨

这么多年,我无法抠出那些词语
如同几十年的风雨在我身上抽打,拷问
疼极了,我就在心里轻轻喊你
——老景庄

2020 年 7 月 3 日

大雨将近

一朵乌云遮住天空
那些隐去的光
落在河水里,鸟的翅膀里
还有一部分
落在我的眼睛里

比天空灰暗的
是风吹起你的灰布衫
大雨将近,黄昏又要来临
万物都在慌张

我抻了几次
我们皱巴巴的中年
还是不平展

2020 年 7 月 3 日

后半夜

月亮掉在地板上
后半夜。我没有听到哐当的声响
或许在我醒来之前
那个清脆的声音已经响过

邻居玻璃窗上
野地上一洼积水里
草叶尖上
也许都曾有过相似的回声

我抬头看见的,是在人间
挨家挨户搜寻一遍
又回到天空的大圆桌旁蹲下来
继续等待的那一个

2020 年 7 月 18 日

流　水

有一部分,来自云朵
有一部分,来自雪
极少的一部分,来自眼睛

我听到的流水声
有时来自山谷
有时来自大地
有时来自一把琴

深夜里,琴声响起
我进入那声音。被一双手拨弄
有时是云,有时是雪
有时是泪

我在飞。那么多目光
都变得浑浊
我寻找,照映我灵魂的
清澈的眼睛

2020 年 7 月 18 日

与己书

很多次,我挨着草木坐下
黄昏闭合的时候
碎花裙子上的花朵也凋谢了

你辨认着芨芨草、狗尾草
唯独,认不出我了
要让河岸的白鹭鸟回头
我得哭出声,或咳嗽一声

人间低处,这样的隐秘让我踏实
我把自己放进一个更隐秘的梦里
只留一个小小的出口

夜色蛇一样游过来
尖利的牙齿咬我一口
我还是不哭,也没有咳嗽
我要等星光照过来,再交出自己

2020年7月20日

大　暑

草木繁盛,后山野草没过腰际
经过那块孕相十足的玉米地时
风要小心翼翼
你也要把声音压低

嘘
万物噤声
此时若有喧哗
是你心中从春养到夏的一匹红马

夜幕落下
还有人提灯在田野上走来走去
腐草化成的流萤
也提着自己小小的灯笼

2020年7月21日

赞 美

雨声落下
蛙声彻夜不息
云朵,花朵,轮流着开
它们对七月过度的赞美让我心生愧意

我总是不小心
忽略生活的背阴处突然斜出的荆棘
我踩着午夜的刀尖跳舞
红裙子旋起风
像那条美人鱼

月光一遍一遍地照耀
我手臂上的伤痕越来越白
而心里的伤痕是照不到的
独自敞开着
有时鲜红,有时暗黑

有时,再撒上一把盐
我像一只贪恋花香的蝴蝶
颤抖着双翅
轻轻赞美着人间

2020 年 7 月 23 日

半个月亮爬上来

不会再向你要一个完整的夏天了
如我不再向夜晚要那轮满月
一个人走路,把一个又一个落日踩进黄昏
把很多黄昏踩进夜的黑

夜的门楣低矮
我总是把额头碰出血痕
草木幽暗,刚好遮挡住腰部的疼

而人世辽阔,星光高远
你给的天梯
我仅能够到雷声,闪电

很多时候,我在人间找不到自己
悬在空里
满怀期待,满怀忧伤
像半个月亮,爬上凌晨三点的窗

2020 年 8 月 3 日

下　沉

天边的云朵，山坡上的羊群
它们奔跑的速度慢下来

落日滚到山顶时，回头多看我十秒钟
我确定，每一秒里都有迂回的潮水

经过小桥时，流水拽了一下我的裙角
我弯腰掸去裙摆里折叠的哀愁

开在黄昏里的花，它们肆无忌惮的红
让我确信，明天的路上还有归人

暮色在脚下越垫越厚，花香浮起来
星光也浮起来

2020 年 8 月 10 日

黄昏雨稠

黄昏雨稠,风也凉
总疑心这雨是你窗外的那场雨
这风是你袖间的那阵风

拭去镜上灰尘,我们都比黄花憔悴
一千多年的黄昏,也不过一窗之隔
"来,易安,今夜我们把酒杯斟满"

雨落它的,风吹它的
溪亭的落日且在那里悬着
不问卷帘人,绿肥红瘦由它们去吧

你把杯盏倒扣,一个王朝在杯底睡去
我的杯盏朝南,装风,装雨
装你的"冷冷清清,凄凄惨惨戚戚"

2020年8月14日

写给海子

你选择春天是对的
三月的花香放出毒
和你笔端放出的毒一样,无药可解

我一直困惑,你那么爱大海
山海关那列火车的轰鸣
真的比波涛翻滚更为壮观吗?

你那座"面朝大海,春暖花开"的房子
离繁华多远,离寂寞多近
而我更关心的是,你的姐姐是生火做饭
还是灯下铺纸研墨
抑或是钉好你衣衫上一枚纽扣
低下头去轻轻咬断长出来的线

年年春来
那么多人涌向大海
总会有一个人
在喧哗退却后
背对浪花
低头沉默无言

2020年8月16日

囚　徒

围着一个村庄打转
从清晨转到黄昏
又从黄昏转回来
几十年,我始终找不到一个缺口
白杨树林和日子一样密不透风

群山抱紧村庄的秘密
辽阔的夜里,月光抱紧我
我爱一个人的声音
和爱一片土地的声音一样
都会发出松枝燃烧时的噼啪声

天空高远
许多人乘着云朵一去不返
而我再没有出逃的欲望
我低头看着左手无名指上的戒指
泛着明月的光芒

2020 年 8 月 18 日

恨　晚

但是,我还在黄昏
江水噙着落日,我口含你的名字
草色幽暗,背对黄昏
我也能猜出一抹夕光如何在枝叶间倒悬
猜出隐于芦苇的白鹭鸟翅尖上驮着的孤单

落日多远,你离我就有多远
风有多近,你离我就有多近
江水一层一层折叠
如同心事,如同年华
袒露血红的痕

你摁下多少次日落
就会浮起多少个夜晚
我一次次熄灭烛火,熄灭你
又一次次捧起星光
重新塑你

2020年8月20日

我用右手,堵住一个漏洞

一个夏天的雨水堆积起来
足以成海
很多事物游进海里就不见了

水性很好的你
游过我最好的春天
游出秋天,越来越远

我暗淡下来,每天捡落叶
捡落在地上的云朵

有时腾出右手
堵住一个漏洞
不让悲伤汹涌

2020 年 8 月 22 日

秘 密

橘子树上泛黄的小橘子
坐在枝头,和我坐在夜的高处一样
有坠落的危险

我们都怕风
风吹草动,草木皆兵
这样的夜晚,有多少刀锋在暗处
指着我们的胸口
有多少牙齿,咬着爱恨
不能松口

夜来香又一次闭合
我们成为一个秘密
含在夜晚的口中

2020 年 8 月 25 日

对　峙

这样的姿势已经保持一个时辰了
——我对着海水,海水对着落日

浪潮退去,明晃晃的年华褪去
此时,我们的安静是一样的

有没有海鸥凌空而来已无关紧要
一只白鹭鸟低低飞过就是好的

而千帆过尽,落日摇摇欲坠
我的惆怅辽阔,漫过这片海域

我们换了个姿势,同时转了一下身
海水拽了一下我的绿裙子

会不会有一只飞蛾飞过来呢
我还没有准备好灯盏

我举起手臂时,落日已沉下去
我和一片海,陷入长久的灰暗

2020 年 8 月 26 日

我　们

我和你腕上的手表,有着同样的颜色
时针和分针指着同一刻度
秒针嘀嗒嘀嗒
和我们的心跳声一样

就在此时,阳光踱进院子
牵牛花爬上篱笆,丝瓜花攀上矮墙
隔着一小段晨风
它们说着昨晚的月光和星辰

我和你开始谈论天气,要晾晒的衣物
商议小米粥里放几颗红枣
青菜要炒出青,黄花菜要炒出黄
争吵也会从此刻开始

从小声到大声,到声嘶力竭
再到咬牙切齿
再到沉默无声
黄昏散步时
我不客气地指责你鬓角多出了一根白发
你取笑我眉间的川字纹比昨天更深

黄昏不经意间陷进夜色
不知何时我的小手陷进你的大手
月光先于我和你回到房间
我们铺好蓝格子床单,并肩躺下

我们不再交谈
如同多年以后,我们睡在同一块土里
我们腕上的手表,秒针已停止跳动
时针和分针指着同一时刻

2020 年 8 月 31 日

青 杏

哥哥,你要相信,你看见过我
我是从那个春天走过来的

桃花喧哗时我沉默无声
只在春风浩荡的夜里大声喊过你

你认出枇杷、杧果、荔枝
唯独认不出我

我青衫单薄,身子也薄
而花木繁盛,水草丰盈
我在五月的人间,闭口不谈春天

哥哥,我咬不破生死
我仅能咬破自己的食指

2020 年 9 月 1 日

庸 常

黄秋英开在黄昏的样子
还是有些张扬
开在天上的云朵是
开在山坡上的羊群也是

而远山是安静的
河流是安静的
我走过村口小桥时也没有发出声响

看,这些声音我藏得多么好啊
——你的,一小片雨的,杨树叶的
它们相互碰撞
在我身体里环佩一样叮当作响

我重复着这样的黄昏
没有横渡这个秋天的野心
我生不出双翅
也没有飞过人间的欲望

2020 年 9 月 3 日

等

山间的花,在凉风中独自落
也有花瓣微合
等着黄昏里凑过来柔软的唇

村庄上空的两朵云
是谁丢失的白鞋子走来走去
等来穿它的人

我生火做饭,在炉子上温酒
倚着门框
等那个披一身暮色归来的人

2020 年 9 月 7 日

明天过于美好

落日悬在山崖,摇摇欲坠
黄秋英开了十里,黄昏也一路开过去

这一天的阳光足够盛大
把一些事物照出温暖之后又照出光亮
那些喜悦找到我
慈悲找到我

我穿过夕光下的羊群走向你
穿过山坡上的石头走向你
它们都发着光芒
我踩着倒悬的星空走向你

明天的鸟鸣,谷物,河流
会和我在原路温柔相认
那么多美好的事物挂在草叶尖上
露珠一样,颤颤巍巍
我不敢伸手去碰

2020 年 9 月 8 日

听一支曲子

我能看见那黄昏悬在雨里
看见那雨挂在山中
也能看见那风穿过木窗
撩拨着一落地就生根发芽的心事

我想起黄昏来之前,山雨来之前
两只野鸭子驮着一小块阳光隐于芦苇丛中
我想起一个人背对南山低声喊着"丫头"
满山谷的花朵都沉默无声

雨在遥远的山中落着
没有人看见我在看见
黄昏在雨里悬着
没有人知道我在想起

2020 年 9 月 13 日

九 月

我还没有提到拖家带口的玉米
羞红脸的红高粱
没有提到晒谷场上一对蹦跳的小麻雀
以及小麻雀弹离枝头时
留下的心跳一样的战栗

我没有对你说出那棵桂花树放出的香
那些高低不平的蛐蛐儿声像情歌整夜不停
我总是想把一些美好捂得更长久些
仿佛这样我对你的爱也会山高水长

牵牛花把最后一朵蓝举过头顶后
熄灭了自己
而野菊花要开了
它要点亮自己金黄的灯盏,照亮田野、山谷

我在九月的天空,建造一座
供奉你名字的庙宇

2020年9月15日

我们一起虚度时光

一不小心,又说到了黄昏
落日恰好和我们站在同一高度
满山坡的栗子树吐出甜,吐出香
而风吹了我的长发
又吹你的白衬衫

一只白鸟飞过枝头
枝头的果实准备了恰到好处的红
而我穿了蓝衫和你并肩走过树下

我们和落日一起走下山岗
照着我们的光亮不多了
可我还是想虚度剩下的暮色
暮色里次第打开的灯火
灯火深处的夜
夜之后波光粼粼的清晨

2020 年 9 月 16 日

我在意的时辰

秋草漫不经心地黄着
花结着它的花籽,忽略着凉下来的风
漫不经心的还有天空中倒着行走的云

而我是在意的
阳光轻叩门扇的时辰
麻雀落在邻家矮墙上的时辰
一条河流穿过裙摆的时辰

秋草继续黄着
你该在秋天回来
把自己当作一枚果实还给枝头
这样的一个时辰到来时
我就是果实旁边
枝叶间那一阵小小的震颤

2020 年 9 月 17 日

走在父亲身后

你一直走在前面
引领着一座青山,一条河流
我的目光在你身后

你弯下腰抚摸一棵植物时
一个时辰也弯曲一下
长出来的部分把夕光折叠进去

跟着弯曲的是我的目光
顺着你的后背滑下来,掉到地上
野草大片大片枯黄

目光折断处
那些被你使坏的时光
我再也无法修补

2020 年 9 月 17 日

午　夜

这一段夜,平整,没有皱褶
一定被沉重之物碾轧过
是的,就如你看见的——

从我的门口铺到你窗下的这一段黑
或是你转向另一个窗口
看到一片没有风浪的海

时针和分针重叠在午夜
仿佛一对情侣在夜色里紧紧拥抱
又匆匆分开

这中间,地铁,公交,救护车
依次穿过
仿佛急于去缝补什么
你梦的边缘
一定有什么露出破绽

2020 年 9 月 18 日

秋日无边

阳光再次移步窗台
把我抚摸过的花瓶,茶杯,一只发卡
一本诗集,诗集里一个关于春天的句子
又重新抚摸一遍

这足够的温暖让人心生悲怜
落叶落进院子
一小溜风靠着墙根站一会儿
跑出村庄,远远地往田野那边去了

书页未合
一个人从春天的句子里走出来
肩上扛着秋天的阳光,比风跑得更远

2020年9月19日

我只写我的故乡

时常焦渴
我信了命里缺水
那时冬风吹过茅草屋的缝隙又吹着我
我的嘴唇和那片土地一样
失色,干裂
我用瘦弱的笔尖代替嘴唇伸进一条河流

我贪婪地吸动双唇
故乡的小河时常断流
鱼群飞到天上
岸边的白杨树扶着自己的影子
也扶着趔趔趄趄的黄昏

异乡的酒馆
我一次次描述
托着日出日落的垛子石山
一次次说起
那些开了又败,败了又开的花
那些一年年死去又一年年活过来的草

那块把一辈人吞进去
又把一辈人吐出来的土地
我不停地说,把自己说得泪流满面
说得酩酊大醉

2020年9月20日

一场雨从黄昏开始下

无能为力的事情越来越多
去摘一颗星星当发卡的愿望
越来越小

如果,我再用力一些
也许就能把这帘雨卷起来
让你合上伞进来
或撑着伞出去

我就能把尾随在你身后
列队整齐的旧事
一桩一桩堵在门外
并推到垛子石山的背面

是的,我指的是黄昏已经来临
我没有开始写诗
没有爱上人间之前

2020 年 9 月 21 日

我在低处,把自己往星光下挪

天光暗下去后
落叶纷纷的声音安静下来
手背上烫伤的痕迹也暗淡一些
不再艳烈地疼

黄秋英结着种子
风在枝头摇着它的心事
心里的伤也结了疤,这多么好啊

人间低处,我熟悉一条河流的走向
追踪过一朵花的路径
也经历过一棵玉米
从点种到成熟的全部过程

我低头看着一只蚂蚁把一大片面包屑
拼命往洞穴里拖
多么像我,努力把自己的影子摆正
一寸一寸地往星光下挪

2020 年 9 月 21 日

九月的悬崖

昨日的雨水沿着旧时屋檐往下跳
你在我的诗句里
还保持着负手而立的姿势
而我写你时,有时风,有时雨
有时夜半更深

我把一首情诗写得暗无天日
而你的名字白雪一样
我在纸上写一次
大雪就纷纷扬扬落一次

人世辽阔啊,我们还能睹面相认
年华狭窄,我们侧不过身
我在深秋的风里梳我的长发,及腰地长
够你从那个春天一路赶来
追至向晚的黄昏

你看,果实悬在高高的枝头
落日一次次站在山顶
这九月,处处是悬崖
可没有一处,你能抱着我跳下去

2020 年 9 月 22 日

秋分日

后来,雨停了
没有开出桂花的桂花树上露珠闪烁
像一个人刚刚哭过,眼泪未干的样子

昨夜窗下一闪而过的一只萤火虫
提着灯笼去了哪里?
它的灯盏即将耗尽
一只蝉把自己埋进无边无际的黑暗里
晒谷场上的玉米已经收进粮仓
一只麻雀转了一圈,无可奈何地飞走了

我依旧穿着花裙子在黄昏散步
人间悲悯,一会儿折叠,一会儿抻开
再后来,起风了
我挂在夜的树梢
有着一片叶的萧瑟之意
也有着一枚果实的玲珑之心

明天伸手接不接住我
我都把自己当作
秋天肋骨处长出的怀抱桃花的女子

2020 年 9 月 23 日

西风独自凉

来,坐下吧
我们坐在低于一株植物的位置
谈谈今天的天气
不带一个形容词
比如,辽远,热烈,盛大

"一朵云在头顶迟疑,今天可能还有雨"
我们语气平缓,如同身边流动的河水
这个秋天,我过度使用修辞手法
企图把这个破损的人间修补完整

或者,我们蹲下身子吧
我指给你看地上的一片杨树叶
它卷曲的身子
如同我们抚不平的皱皱巴巴的年华
没有人再去翻动它的春天

我们身体里的剑也回到剑鞘
不再刺疼自己
也不会刺破西风
任它独自凉下去

2020年9月24日

我用诗歌取悦人间

秋风的刀越磨越薄,割着秋草
一棵一棵泛黄
它朝我割过来时
我还在房顶跳舞,踮着脚尖旋转

而一个词语磨了许久,还是锈迹斑斑
割不动一首诗
也不会让一个人忽然蹲下
捂着胸口喊疼

我穿着秋天
背着暗淡的星光行走
落叶,云朵,在我宽大的袖袍里奔跑
坠落,枯萎,腐烂,也会穿过我

月缺着,花也开不全了
可我还想用诗歌取悦人间
它朝我伸出小舌头
我就是盐,苦水,花骨朵儿上的蜜

2020 年 9 月 25 日

最　后

稀薄的阳光,把村庄,荒野
又安抚一遍
流水止住干咳

树木的影子竖在地上
没有绊倒仓皇而过的松鼠
路途在远方
中断也是
开始也是

一个女人,想在杨树枝上
建一座城堡的愿望,卡在一只鸟的喉咙
被带到天上

无人掌控的天空,独自蓝了一下午
最后黑了下来

2020 年 9 月 26 日

我和一个村庄的关系

我不说话时,野山雀替我说
我不唱歌时,画眉鸟替我唱

更多的时候,我们一起发呆
——房屋,老树,矮墙上的草
风很大,雨很猛时
我们都咬紧嘴唇

我走路时,总是抬头看天
看云,看远处的星光
人世的路不平啊
我跌倒,磕破膝盖,流出血

捂着伤口
我哭不出,喊不出的时候
绕着村庄的那条河
日夜替我呜咽,低吼

2020年9月27日

我听见那些声音

我听见那些声音
黄昏落进夜的,黎明落进清晨的
它们摩擦,碰撞出回声

是钟声穿过山林,撞着我
又返身向远方去了
远的尽头
是鱼群摆弄着落在河里的云朵
是风叹息着把一片落叶往对岸送
是一棵稻子弯腰,而天空正向大地俯身

听见这些声音时,我也听见我自己
怀抱一个村庄的秋色
落进更深的秋里
如同一个时辰落进另一个时辰
疼摩擦着疼
爱碰撞着爱

2020 年 9 月 28 日

风中的瓦罐

它在风中,不能成为摇曳的一部分
它盛着雨水,也不能成为雨水的一部分
枯树发出新芽,它在墙角旧着

没有人在意,母亲用它装过的麦种
又生出许许多多的麦子
一年年,在田野上绿着

作为被遗忘的一部分,它灰暗着
没有人在意
它身体里的一小片海
装着天空的蓝

2020 年 9 月 29 日

他乡明月

明晃晃的月光指向我——白皙,纤细
指甲盖上有粉红的凉
——我不得不臣服

对天上的每颗星子说"晚安"
对路过的每阵晚风说"你好"
我俯身抱着自己的影子
低声唤着:亲爱的

我从夜晚回到纸上
用小锤子敲敲打打
修复用坏的词语
给它们穿上舒适的小鞋子
让它们重新回到一首抒情诗里

仿佛故乡的云,举着棉花糖回到河水
那甜,回到我们中间
仿佛我,周身挂满爱的河流
回到爱里

2020年9月30日

无处可寄

一片叶子从空中落下——
这黎明时分又一封远方来信

我要打开身体里一只鸟的喉咙
重新拨亮夜里熄灭的烛火
回应信中开头的好天气

请你原谅
那些高挂在枝头的盛年的绿
我不能用力抒情
我那么多的爱,一部分给了秋天的雨水
渗入一片焦渴的土地
一部分给了蒲公英的孩子
它们踮着脚尖跑出村庄,消失在风里

我只剩下头顶这一撮黎明前的夜色
对照着信中暗淡下来的结尾
每天都有新鲜的事情发生
你要再次原谅
署名,日期,收信人的地址
我都无法回应

2020 年 10 月 1 日

秋风起

草再怎么绿,花再怎么红
也是秋天了
再怎么过,日子还是旧了
我怎么爱
一河的水还是瘦了下去

夜,一夜比一夜凉
天空越来越空
蓝躲进这空里,云躲进去
飞鸟躲进去,闪电雷声也躲进去

而我是躲不进去的
中年人的路上,处处埋下伏笔
每一笔,都能点中穴位

有时,我望着天空发呆
有时,我在风里走来走去

2020年10月2日

旧时光

嗯。我说的是一条棉布裙子上
一只小粉蝶口里吐出的香
那香,翻过篱笆墙跑出去
领回来成群结队的蜜蜂

那些年轻的日子嘤嘤嗡嗡
而桃花纷纷扬扬
有一半落在我的肩上
有一半落在我的额头上

那时我的额头,没有黄昏的暮色
泛着新月的光洁

那时,我是一小块儿甜
是一小团软
是柳枝尖上最初那阵莫名的战栗

黄昏伸着柔软的舌头,小口舔着我
初春那么美
它舍不得一下把我舔完

2020 年 10 月 3 日

深 秋

九月里穿了高跟鞋
还是够不着伸到秋天之外的
一枚果实

绿裙子收起来,不再有摇曳之态
我穿牛仔裤走过小桥
鱼群不再惊慌失措
风也没有趔趄一下,扁平着吹过我

夕光照过我,月光照过我之后
我黑暗下来,一口井一样幽深

2020 年 10 月 4 日

月照青苔上
——培田古村之夜

叩开那扇古旧的门
我一步一迟疑
有时脚步悬空
有时自己踩疼自己

那么多春天来来往往
我确信微风，蝴蝶，花香穿过你
青砖缝里的故事长满褐斑
而你还着一身长衫
五百年前的模样

如果有风，我就迷乱
如果有雨，我就清凉
而此时月光从天井打下来
打在青苔上
我就一半恍惚，一半清醒

如果你在月下吹笛
我就是迎风起舞的那个人

我在那个情景里打转儿,找不到出口
仿佛从不曾来过,仿佛发髻高挽
已在这里住了五百年

2020年10月5日

秋天回来了

一场一场下不完的雨
雨里奔跑的风,风中打转的落叶
落叶转身抱住的田野
田野上枯黄的草
草丛里散落的面容憔悴的花朵

它们都和去年一样
村庄上空的云也是去年的
它们路过我的村庄时
又迟疑了一下
像是询问另一朵云的消息

只有我们不是去年的
我的旧伤疤处,又添一道新痕
秋天回来了,你还是没有消息

2020年10月6日

明天是好的

阳光跨过门槛,移步庭院
把昨日的一小段温暖又走了一遍
我跟在后面
把爱过的人在心里也重新爱了一遍

昨天割疼我的风没有跟过来
这样的时辰让我相信
秋天的枝头
还挂着最后一颗红果子

杨树叶落在院里
一面背阴,一面朝阳
它们把伤痕背在身后
虫洞,暗斑,在阳光下也好看

我相信,亲人们都走在明天的路上
那个仇人,也披着霞光
走在我们中间

2020 年 10 月 7 日

黄昏低过眉头

坐到黄昏,开始心生愧意
轻飘飘的一天,树叶一样飘走了
我还是压不住一阵风

理理乱发,衣袖滑下来
蜜蜂蜇过的手臂,疼不在了
还有隐约的痕

那时它肯定当我是一朵花,心里有蜜
花裙子在风里摇曳,且有暗香
遇见,我们都疼

此时,我是一棵枯黄的草
结不出草籽
也绊不倒西风

一棵白杨树低下去
黄昏也低过眉头
想起来还有一段夜
想起来还可以在梦里骑马
年轻,甚至飞起来

2020 年 10 月 8 日

明日寒露

"很想问你冷不冷,身上的衣服暖不暖"
早晨写在纸上的这句话
黄昏时还没有找到要送的人

天气很合时宜地冷,雨刚好濡湿头发
露珠挂在八月菊的花朵上
刚好像一个女子,哭过之后又笑了

掌灯时分,我又加了一件橘黄色外套
把心里显山露水的地方遮掩一下
消瘦的中年,这样看起来有些丰满

让我自以为也怀抱谷物,果实
拥有整个十月的天空和大地
灯光落在纸上
仿佛给一首诗歌披一件温暖的外衣

2020年10月8日

旧时天气

天空灰蒙蒙地灰着
如同一件穿旧的灰布衫
没有一只麻雀落下来
灰布衫上的纽扣系得很紧

想有风来,撕开一道口子
漏下一点亮光,鸟鸣
或是一场雨,一个不算好的消息

我手指僵硬,解不开一枚纽扣
天空设置了密码
钥匙丢在风里

其实,我是想让你知道
我把此刻的灰暗抱得多紧
我的爱,就有多深

2020 年 10 月 9 日

寒　露

给你写信时,夕光斜过屋顶
我必须把笔尖扶正
我要给你写下"今日寒露,阳光晴好"
我怕歪斜的字里倒出一场雨
雨牵动一条河流
而河流里有暗礁,漩涡,凋谢的花瓣

如果你走过长街,灯光已次第打开
你还没有把一支烟点燃
如果一阵冷风吹开你的衣角
你要竖起衣领,裹紧怀里的暮色

此时我正写道
"秋深露浓,记得添衣"
有冷风向我吹来
我怕我握不紧手中的笔

2020年10月9日

秋风薄

果实从树上掉下来
和一颗星星从天空坠落是一样的
它们坠落时,我总想叫出声
如同磕疼的是我,摔碎的是我

这个时节,秋风薄
而我们加衣,添新愁,身躯沉重
黄昏的手掌慢慢合拢,握紧

梳断的头发落下来
和一片树叶落下来是一样的
它们有背叛且一去不回头的决绝之心

不一样的是,在这样的黄昏
牧羊人走在前面,领着他的羊群回家
暮色阴冷昏暗,而炊烟轻柔
他的羊群白出温暖

2020 年 10 月 11 日

给 你

寄给你的诗

每个字都经过我的胸口

我想它们软软地握在你手里时

还有我的心跳和指尖的温度

你一个人读时,不必太用力

诗里的每个词语

都对应着我身体的某个部位

你用力了,我就会疼

比如胃,眼睛,心脏

默读,或是轻声

你读出诗里那一片留白就好

就像我和你之间隔着的这条河流

白鹭鸟飞走了,鱼群也不在

只剩一河白茫茫的水

秋风把你的声音送过河岸

我接过来捏在手心里

你有没有颤抖一下,从梦里惊醒

墙缝里的蛐蛐儿在午夜

尖利地叫出了声

2020 年 10 月 12 日

无尽处

连日阴雨

右肩部的隐痛提醒我

这无边无际的灰暗天气还会持续下去

也就是说

这些痛还会继续幽居在我身体里

蛇一样游动

沿着肩部到颈部，经过太阳穴到额头

再迁回到心里

它们吐着信子，闪烁幽蓝的光

带着这样的危险，我不敢去田野走动

野草枯黄它的

我不去翻动一颗草籽想念春天的心事

墙角的月季花落它的

我手指漏风，捧不住它们为爱赴死的心

坐到掌灯时分

我点亮灯盏

那个在我心里走来走去的人
穿着蓝衫再次路过时
我把他的名字咬住
以爱还爱,以毒攻毒

2020 年 10 月 13 日

夜的黑

有些日子了
我没有指给你看夜空里的星辰
那盆杜鹃花又开了
我没有指给你看它们火焰般的红
也没有说出
它们活过来又准备烧死自己的心

那时,一片树叶落在我的肩上
我想着我们的春天
雨水倒悬
我不敢去碰

我指给你看白纸上的黑字
仿佛黑压压的夜晚
盖住白天

2020 年 10 月 14 日

我还有多少这样的夜晚

不再陡峭了
这几百平方米的夜色
仰卧,平躺
如一块黑色的伤痕

立起来的是几声虫鸣
靠着墙根,我手臂无力
不能把一片树木的阴影
推到河里

我把围过来的夜风推开一条缝
风中送来桂花树的香,若即若离
像爱,纠缠,厮磨

我咬紧嘴唇,没有发出一声咳嗽
"如果还疼,你就哭出声"
你的声音割开夜色
我的忧伤成片成片地落

这样的夜晚,我只能模仿一种声音啊
流水的,风的
或是一朵桂花飘落的

2020年10月14日

中年辞

几粒星光提着我
绕过山梁,蹚过小河
像清晨时
提着我出门一样
又一次把我提回来
放回一间小房子里

灯火,碎花围裙,案几上的书
继续使用着我
我目光的边沿
尽是磨损的毛茸茸的痕
以至于我陷入夜的丛林
你辨别不出我是一丛灌木
还是一丛乔木

我对着身边的亲人微笑
你继续分辨,笑容的豁口处
漏下来的是灯火
还是后半夜的星光

2020 年 10 月 15 日

十 月

花朵们飞天的愿望破灭之后
暗淡下来
或者
这个愿望从来就没有存在过
它们收了分寸
准备在灰扑扑的房子里生儿育女

十月的田野和我一样
穿宽大的棉麻长衫
我们眼里有母性相同的光芒
孩子们,你们向远方奔跑吧
妈妈们目光的边沿,和天空相接
没有设栅栏

看啊
那只贪恋人间烟火的萤火虫
提着小小的灯盏
领着一群夜的孩子
还在秋天的旷野上玩捉迷藏

2020年10月16日

别

我朝你挥手时,你看不见我
或者,反过来
我们背对背离开

清秋辽阔啊
秋风在田野上划分疆土
将我们的背影画成两个硕大的句号

如同两枚落日
一个卡在山顶,一个卡在水里
每一个黄昏,彼此凝望,相互对峙

2020 年 10 月 16 日

这样的时辰让我战栗

第一缕晨光,叩开万物之门
山川草木将重新命名
被一种声音轻轻召唤

我喊一只麻雀"宝贝"
叫一朵云彩"亲爱的小人儿"

露珠回到草尖
崭新的词语回到诗人的笔尖
幸福踮起脚尖
够着颤抖的手指

我的爱人,你只轻轻转身
就能够着我的嘴唇

2020 年 10 月 16 日

百日菊

嗯,是的
它们还开着
我更愿意它们叫步步高

在这样的黄昏
我穿着红裙子
一步,一惊心

每一朵,手里都举着火把
风一吹
黄昏就燃烧起来

一百天的命,惊心动魄一次
也足够了

2020 年 10 月 17 日

一个人的黄昏

这样的危险要持续到什么时候
——她的格子风衣
下摆的黑色蕾丝边拖着暮色
把她往梦里拽

她在梦里,只要她不醒
他们就能沿着一片草地一直走下去
他就能弯腰摘下她裤脚的草籽
苍耳的刺还柔软,他们带着它回家

如果她不踩着一只野兔的尾巴
如果她不看着他笑出声
这个秋天就不会过去
他的白衬衫一直云朵一样白着

除非他也在这样的黄昏
走进这样的梦里,把她带出来

2020年10月18日

悬崖上的野菊花

走到这里,没有路了
落日的黄和她的黄咬在一起
如果风从背后推一下
他们就会滚下山崖

从那么多春天走过来的人
到这个路口都松开了手
河岸的垂柳垂手而立,无人可送

只有野菊花,把婚期定在十月
她相信迎娶她的人在来的路上
她在山野黄昏,立在崖壁上试嫁妆

她的戒指
——南山顶上的明月
她戴在中指上
她的心里有火,她的手指有风
寒霜落在她的嫁衣上

2020 年 10 月 19 日

午 后

我没有告诉你
旧屋檐下,蜘蛛网上粘着一只飞虫的躯体
如同千千结的心事,又添一段新愁
杨树叶,楸树叶,皂角树叶
在风里拥抱,握手
又像是互道珍重

我对你说什么呢?
天气并不晴好,来日也不方长
这个日光昏沉的午后
昨天那只灰麻雀没有飞来
它掸落的一根羽毛
在窗台上灰突突地灰着

我不打算问你,我胸口隐隐作痛时
你是不是在阴雨天
我只是把你爱过的花草抚摸一遍
你在远处粲然一笑的样子
还是让我把这个枯叶飘零的秋日
当作了春天

2020 年 10 月 20 日

清晨的阳光铺满庭院

从屋顶铺下来的阳光
藤蔓一样踩着我的脚踝往上爬
我坐在院子里
涂着红指甲

它们金色的手臂缠住我的腰时
我扯了一下绿裙子
仿佛扯动一条碧波荡漾的河
河水里清梦初回的鱼群

仿佛把远方的温暖拉回身体
仿佛有花骨朵儿在身体里张了张嘴
清晨往上涨
阳光没过我的头顶

我越埋越深
你看不见我时
墙下的五星花攀上院墙
替我伸出红指甲，戳破了天空的蓝

2020 年 10 月 21 日

天又黑了

想起你时,天又黑了
或是,天黑了,又想起你
总是在这样的时刻
——落日坠下山岗,鸟雀归巢
大红公鸡领着花豹母鸡跨进院门

我提着自己黑黑的影子
橘子树抱着自己的一团黑影
你的影子更黑
起身关门时
我被绊得趔趄一下

你扶不到我的时候
我就想把自己提起来
挂在天上
躲过夜,躲过漫上来的潮水

2020 年 10 月 22 日

秋　意

它们一路跟着
走到这里，我停下了脚步
野菊花，苍耳，枯黄的狗尾草
追着晨风，继续向前跑

薄薄的阳光
从这棵树挪到那棵树
从这片树林跳到那片树林
跑在风的前面

再远点，一棵红树旗帜一样招展
它的身后，广阔的田野上
仿佛隐藏着一支庞大的队伍
威武，强壮，彪悍

它们要夺取什么
雁阵已飞过头顶，消失在苍穹
我心里荡漾着一池春水，孤零零地站着
是它们唯一的敌人

2020 年 10 月 22 日

只是,又近黄昏

黄昏一次次来临
仿佛没有倦意
不像我
把整个天空放在肩头,头重脚轻

荒草覆盖的小路
秋香色的丝巾一样缠住我
你看,那山背着落日
那落日拖着长长的红披风

万物领着自己的影子
静静站立
我的背后是旷野
压着十万吨的空

踱来踱去的风
掂量不出这下沉的重量
旷野和落日僵持着
我和旷野,分不出高低

2020 年 10 月 23 日

纸上的春秋

我注意到那本诗集时
它已落了一层灰尘
我没打算打开它
在这个黎明把我打开之后

我们那么多的春天,秋天
挤压在苍白的纸上,变得窄小扁平
八千多里长路
也不过一个词语到另一个词语
一个句子挨着另一个句子的方寸之间

南山峭壁上的连翘花
北坡漫山遍野的野菊花
都成了标本,再不会凋零

也就是说,从这个黎明到那个黎明
我们纸上的春秋
还可谈上百年

2020 年 10 月 24 日

我是一棵艾草

很多时候,你说我是一棵植物
不会开花,不会攀爬的那种
不是养在花盆里
放在花架上的那种

我没有好看的衣衫,只有香
我怀里没有藏利器
至少,在野外遇见我时
不会让你大声尖叫,魂不附体

风起时,我只为一个人跳舞
提着自己的绿裙子
不像蒲公英,举着自己的小白伞
跑出村庄,听不到一个人的喊声

几十年,我只守着一个村庄
爱着脚下的一片土地
我不停地跳舞,你喊我"艾草"时
声音要高于田野的风声

2020 年 10 月 24 日

霜降辞

不知不觉间
时光已在中年的秋千上悠来荡去
那时，我们说红瘦绿肥
也说红肥绿瘦
此时，说什么都不合时宜

天冷了，我们各自添衣

我们对着荒原和落日各自抒情
避开那些支支棱棱的形容词
几个动词在胸腔回旋，雷声一样沉闷
蓝色风衣裹在身上
大海和天空都在远方，有人回不到故乡

今夜的露水
不再顺着草叶上的路径
把自己摔得粉碎
它们软卧在老屋的瓦楞上
一抹初白，旧时模样

2020 年 10 月 25 日

重 阳

与一首诗有关,与一个人有关
我没有在那个闪光的词语上
我在留白处,不在异乡
插着茱萸,我不是少的那个人

一群文人在山中饮酒
有人把诗放在酒里饮下去
有人把饮下去的诗重新倒回酒杯
他们说"今日,以酒慰风尘"

我是那个不会饮酒,也倒不出诗的人
我喝茶,倒茶,没有想我的兄弟
我想那个独在异乡的人
在高处,他的酒盏空了之后

那么多山,一座连着一座
他眼里的潮水往哪里退
对面山坡的野菊花大声喧哗
三杯清茶,我把自己灌醉

2020 年 10 月 26 日

孤　单

她知道,这座城不是她的
这样的黄昏也不是

落日从一座城市的楼顶落下去
她心里没有紧一下

不像从一座山顶落下去
让她心里有一闪一闪的喜悦和惆怅

那么多车在流动,不像河水
拽住她的裙角

橘黄的车灯挥来舞去
像牧羊人的鞭子挥动着,把羊群往家赶

她在路灯下,蹲下身子
像一只找不到羊群的小羊

在一小片阴影里,她想念一座山岗
想念山岗上没有泛黄的草场

2020年10月27日

人在深秋

最后,一只野山雀从枝头落下来
落在地上,转一圈飞走了
一棵树,活到这个时节
没有什么可落了
叶的繁华,果实的丰盈
此时,都匍匐在地

我最好的年华,被一个人摘取
红润的唇
怀里的花朵
指尖上清白的月光
我矮下去,小下去
低于落叶,低于泥土

怕雨连绵不绝地下
怕春天那些破旧的事物倒塌
在最深的秋天
我一次次弯腰,倒下,再站起
一次次,自己扶起自己

2020 年 10 月 28 日

明日有霜

落日落下去之前
我又去村口看了百日菊
它们坦然枯萎的样子让我放心

没有什么可牵挂了
晾衣绳上的衣服已收进衣柜
一条红丝巾的颜色还很鲜艳
几十盆花草也搬进屋里,放在合适的位置

只是,我在一张纸上
把一些句子搬过来挪过去
天黑下来了
我还不知道放在哪里

他们都说明日有霜
秋草掩盖了路径
在秋天走失的人不会回来了
不必再提醒他天冷加衣

有霜,就让它落下吧
那些句子,我已摆放整齐
它们肩并肩,或背靠背
足够对付明天的冷

2020年10月30日

十月辞

你刚转身
我就在心里提笔给你写信
我在信中
画你想要的山水

那些枯枝旁
我想再插上一枝新绿
你回头看时
我们的春天还枝繁叶茂

没有路了,我画一个渡口
你荡一只小舟过来
我们走水路
逆流而上,或者顺水而下

黄昏断处
我该画一枚落日
还是画一轮满月?
它们有相似的圆满

2020 年 10 月 31 日

只有风吹过树梢

沙砾中的花

景淑贞 著

河南大学出版社
·郑州·

图书在版编目(CIP)数据

沙砾中的花 / 景淑贞著. -- 郑州：河南大学出版社，2024.8

(只有风吹过树梢；2)

ISBN 978-7-5649-5828-2

Ⅰ.①沙… Ⅱ.①景… Ⅲ.①诗集 - 中国 - 当代 Ⅳ.①I227

中国国家版本馆 CIP 数据核字(2024)第 054552 号

沙砾中的花
SHALI ZHONG DE HUA

责任编辑	马　博　杨光辉
责任校对	时二凤　韩如玉
封面设计	翟淼淼
封面摄影	柳如月
出　　版	河南大学出版社
	地址：郑州市郑东新区商务外环中华大厦 2401 号
	邮编：450046
	电话：0371-86059701(营销部)
	0371-22860116(南方出版中心)
	网址：hupress.henu.edu.cn
排　　版	河南大学出版社设计排版中心
印　　刷	河南华彩实业有限公司
版　　次	2024 年 8 月第 1 版
印　　次	2024 年 8 月第 1 次印刷
开　　本	889 mm×1194 mm　1/32
印　　张	6.125
字　　数	129 千字
定　　价	88.00 元(全 3 册)

版权所有·侵权必究

(本书如有印装质量问题，请与河南大学出版社营销部联系调换。)

序　言

西衔口

"窗外，风在吹。"

什么是景淑贞的"风"？

在迟子建的《额尔古纳河右岸》中，风是"我"少年时在鄂伦春人特有的帐篷"希楞柱"里，由父母深夜里急切地呼唤着彼此的名字而制造出来的那种声音，那是一个民族的集体记忆。鄂伦春人身后的处理方式类似于西藏的天葬，不过他们是把逝者放在树上，因而称为风葬。我更熟悉的河南作家则提供了他们独特的中原之风。有人说李佩甫的《羊的门》映射了这个，映射了那个。李佩甫确实善用象征，但我以为，他发力之所在还是羊只那青草一般的卑微，而不是那些耀人眼目的细枝末节。阎连科的《受活》也是大块儿的象征——他的文学成就似乎并不一定需要魔幻现实主义这样的标签的加持。李佩甫、阎连科的文字提供了人是政治动物的再一个证据，河南另一大家刘震云的《一句顶一万句》则回归了琐碎寻常，集中于人的灵魂。人是孤独的，寂寞的，沉默无声的。

"像我这样一个不善言辞、不喜交际、不会动用心机的人，偏要莫名其妙地去经商，直到现在我还对生活的这个转折点充满疑惑。"

"一个所谓的不懂经商之道的生意人，居然爱上文

字,爱上写诗,且一爱便不可回头。"

　　这就是景淑贞的"风",一个乡间女子活泼泼的生命的象征。在她的分行文字里,风是纷纭的、斑驳的、炙热的,甚至湿漉漉得粘手,它的忧伤,看得见,听得见,摸得见,甚至能在这样的风里放一张饭桌,铺一领苇席,放一个枕头。

> 这个春天丢了什么?
> 田野上的风筝
> 广场上的摇摇车
> 孩子们的溜冰鞋
>
> 立在河岸梳妆的白鹭鸟呢
> 两只热恋中的蝴蝶呢
> 夕阳下走过小桥的长发女子呢
>
> 这个春天什么丢了?
> 村庄街巷空无一人
> 只有风,只有风在寻找
> 翻山越岭,昼夜不停
>
> 风着急的时候
> 会把灰色的天空撕开一道口子
> 掉下闪电和雷鸣
> (《窗外,风在吹》)

然而,景淑贞诗歌里的神秘并不完全来自象征。象征至阴,也就是说她貌似客观,本质上表达的却是某种特殊的理念。要把握景淑贞诗歌理念的浮沉涩滑,还得细抠她的文本,从她的语言,和她的诗歌的情感品质入手。

景淑贞和诗歌是合一的,景淑贞就是诗歌,诗歌就是景淑贞,他们在一个相对匮乏、孤寂和闭塞的地方,互相鼓励着,互相依靠着,像两棵花楸树那样,以自己的薄弱支撑另一方的薄弱,以自己的沉默安慰另一方的沉默。这或许就是景淑贞的手艺拔节似的以肉眼可见的速度轧轧有声地精进着的秘密。

"不能再好了/阳光再这样好下去"(《我要下雨了》),这是景淑贞的反讽。反讽,或者更开阔一点说,幽默,其实都不过是一种态度,一种独特的直面自己短缺的能力,它的特点是由自己而不是别人来指认。这种品质会给你的文字带来一个很好的姿态,因为你至少已经对自身把握了一些什么,无论是本质,或者仅仅是一种现象。"雨丝软细/和黄昏的长度一样"(《梅花开了》),在细雨和黄昏的并置和比附中,黄昏有了雨的质感。而《不可说》一诗,则是痛感,或者直接叫它隐喻,她让声音遵循引力的规律直接砸了下来——"我们还不曾举杯/已有酒盏破碎之声/砸着脚面"。同时,分裂构思也表现得炉火纯青——"澎河为界/以北归你,以南归我/你是云,是雨,是梦/我是粉,离开花朵"。景淑贞诗歌的神秘性恐怕正是源自这里,概括地说,这是她的表达方式,或者说叙述。

《臣服》也是景淑贞很重要的一首,显示了她把身体语言纳入叙述的企图,"取出某些部位/——胸口、胳膊、胃的疼痛/我轻了起来"。《三月的情诗》可以说是景淑贞式的戏剧化。正是这些叙述成分的引入,让景淑贞的诗歌融入了当代诗歌写作的潮流。"门前的桃花开得和往年一样/攀枝折花的都是新人/我依旧长发中分"(《春分》),"我止了笔/一只蜻蜓悬空在一个诗人的第四句诗里/迟迟不肯落下来"(《2020年我写什么呢》),在这样的抒写里,"我"几乎不具人格。"我"是谁?谁在说话?这是叙事时非常重要的问题,一个现代诗歌的写作者有义务对此交出一个他自己的恰切的答案。

本土叙事性诗歌起自20世纪90年代。理论上,有欧阳江河的《89后国内诗歌写作——本土气质、中年特征与知识分子身份》,以及程光炜的《九十年代诗歌:另一意义的命名》《九十年代诗歌:叙事策略及其他》,等等。而叙事性诗歌的理论源头似应肇始于福柯的"知识考古学"。在福柯的知识观里,从事怀疑的解释学本身成了怀疑的对象。随着我们对表层-深层模式和因果链的扬弃,一种被排斥、被嫌弃的不依靠因果纽带话语而形成的非连续表层的后现代描述走上了前台。它冲击的是那种从传统或主体意识产品中追溯思想之连续演化史的人本主义的写作模式。由于认识主体被嵌定在一个新的、暂时的、有限的领域当中,因此他作为知识之主宰者的主体地位也就受到了威胁。人既是外部世界的构造者,又由外部世界所构造。他能够通过先验范畴为知识找到可靠的基础,或者通过"还原"程序使自身从经验世界中净化出来。

于是,我们在景淑贞的诗歌里看到了一个离散的空间,"我村庄里的一窝子风都有名字/——大丫家的,五奶家的/南坡的,北洼的,二道沟的"(《在异乡》)。而在《你想要的都在这里》这首诗歌里,她把一条河流移到了院子里。《致旧人》的戏剧化漂亮无比,诗歌呈现的是一种动态的意象而不是僵硬的淤塞物,这是对当代诗歌多元、并置、彼此独立诉求的一种呼应。"我把一条河流的咆哮装进口袋"(《我把人间重新爱了一遍》)。在这样的诗歌里,事物不再以同以往一样的方式被感知、描述、表达、刻画、分类和认知了。概括来说,景淑贞的诗歌里突出了话语的无意识规则。

不过,我们也要注意景淑贞诗歌准确、明快的一面。作为一个内地的写作者,景淑贞没有背离她的生活,没有背离我们深厚的历史,以及淳厚的乡土文化。无论她是写臆想,还是写梦境,都能给读者一个明白的交代,展现了她作为一个诗人卓异的修养。

它的确开着
小小的一朵白
在十月的凉风里
真实又恍惚
仿佛谎言穿上洁白干净的衬衫
也有清澈心动之美

仿佛果实挂在枝头
谷物结出饱满的籽粒
到了秋天
万物对人间都有一个交代
(《开在十月的栀子花》)

2024 年 4 月 7 日

(西衙口,中国作家协会会员。在《诗刊》《星星》等刊物有诗歌及评论文字发表。曾荣获北京文艺网第三届国际华文诗歌奖、"李商隐杯"诗歌大赛奖等。)

新岩画,新楚辞
——读景淑贞

吴元成

精美的石头会唱歌。方城有岩画,我是见过的。大约十来年前,我与同事踏访方城山野,俯身察看那些刻画、雕琢在岩石上的圆点、线条、图案,除了懵懂就是被震撼;那是数千年前乃至上万年前方城人上观星河、下察大地、内省自身的思想和情感。

方城有天眼石。乐于进山"寻宝"的朋友告诉我:"你要仔细寻找,但即便再仔细,也难保你一定能得到它。那是一种红褐色的砂岩,从外表看,它与其他石块无甚差异,只有切开来看,才能看到其中的奥秘——红褐色的底子上,居中就有一只圆圆的眼睛,专注地盯着你。往往是,一百块石头中,只有一块才有这样的'造化'。"

方城有黄石砚。虽不列四大名砚之内,但石质如玉、贮水不涸、发墨如油、如膏如脂,其声如磬,其色多变,为北宋书家米芾和黄庭坚所钟爱。

方城还有垭口。那是北宋水利工程襄汉漕渠之出口,也是南水北调中线自南阳盆地流向华北的必经之处。

精美的石头会开花。方城还有西汉法学家张释之,有"凿空"西域、被封方城的"丝绸之路"开拓者张骞,有空军英雄杜凤瑞。方城还有诗人,她叫景淑贞。

方城应该出诗人。

读景淑贞的诗,可以看到诗人笔下既有岩画的斑斓神秘,也有透视天地和人生的"天眼""诗眼";可以看到诗人像制砚之人一样精雕细刻,然后饱蘸生命之水、情感之墨,给我们描绘出多元的方城和多彩的内心。

诗人是用心爱这个世界的人。这两三年,大家都知道经历了什么。爱与恨,温馨与疼痛。景淑贞在《庚子年春,我们一爱再爱》中写道:

庚子年的春天,我已爱过一次
因为太过用力
我把这个人间爱得破碎
我爱过的花草都喊疼
可我还要再爱一次
替那些,在这个春天不能爱的人

我们都知道庚子年迄今,人类所遭受的苦痛,但只有诗人还能如此哀伤又如此达观,还能够继续爱。

用心写作是必需的。但,不那么用力,也是好的。近三十年来,中原女性诗歌写作呈现出多元化的风貌,蓝蓝、杜涯、琳子、扶桑、一地雪、阿娉、班琳丽、小葱等,个性都很明显。景淑贞让我们看到了河南女诗人的另一面:

立在河岸梳妆的白鹭鸟呢
两只热恋中的蝴蝶呢
夕阳下走过小桥的长发女子呢

这个春天什么丢了？
村庄街巷空无一人
只有风，只有风在寻找
翻山越岭，昼夜不停

《窗外，风在吹》告诉我们，生命有其脆弱，更有其顽强。而且诗人呈现给我们的是理性的光辉。又如《我该如何敬你》之一：

你离开后，一个秋天坍塌
小镇的天空倾斜，倒向冬日的荒野
我该如何敬你
九万里东风辽阔啊，揽下山川大河
却不够我放一杯酒

诗人的爱具体而广阔，天下在其中，爱情在其中。景淑贞带给我们的是深刻的共鸣：

我的心空着
我要在心里生一堆篝火
温一壶酒
放两把椅子，一张红木桌

通过阅读《今夜，似有故人来》，可以看出，诗人是善饮善醉的。从"一杯酒"到"一壶酒"，她要用乡情、亲情、

友情、爱情来消弭虚空和浩渺。

《左传》记载,楚国使者屈完在齐桓公所率诸侯联军前驳斥他的恐吓之论:"君若以德绥诸侯,谁敢不服?君若以力,楚国方城以为城,汉水以为池,虽众,无所用之!"所谓方城,表里山河,楚域广大。

自屈原始,楚风汉韵哺育了多少作家、诗人。《史记》云:"楚虽三户,亡秦必楚。"三户者,楚国贵族三姓屈、景、昭也。以《楚辞》为标志,屈、景、昭三姓还是楚国政治、经济、文化的缔造者、开拓者。

景淑贞做了很好的赓续,她的诗值得推介,值得好好品味。我们所能期待的就是,祝愿景淑贞更具"天眼""慧眼",在黄石砚里继续研磨,去创作更美的新岩画、新楚辞。

是为序。

壬寅年正月
记于郑东楚居堂

(吴元成,河南淅川人。系中国作家协会会员,中国散文学会会员,河南省作家协会理事,河南省诗歌学会执行会长。)

自　序

景淑贞

人的欲望是无止境的。

我的第一本诗集《请叫我村庄里最美的女王》2020年秋的出版，对于一个土生土长的乡下女子来说，已是上天最大的恩惠，应该感到深深的满足。

我着实为人生中的这件大事满足了一段时间，也狠狠地高兴了一些日子。时光一刻不停地向前走着，野地里的草枯了又青，山坡上的花谢了又开，乡下的这些植物，没有停止对春天的渴望，亦如我对明天的生活，依然充满着热切的向往。

于是，便萌动了再次出诗集的欲望。这个欲望一旦生根，便在暗夜里悄悄滋长，抽枝长叶了。当然，这只是生活中意料之外的一件事，像在一大片玉米地里，突兀地长出一棵红高粱，落日下红着脸，低头站在风里，既有惴惴不安之心，也有让人怦然心动的美。

在辽阔的中原大地，远离繁华的一个山乡小镇，在小镇一个四面环山的小村庄里，一个再普通不过的女子，用沾满泥土的手写诗，本身就是一件突兀的事情。

初春时，我花费了好几个晚上的时间，整理2020年以来的诗歌。我没有刻意地按照诗的内容归纳分类，只

是按照时间顺序,把这几百首诗分成三册,顺其自然地呈现出来,算是两年多来我在这个村庄日日夜夜生活的一个缩影吧。

回想这几年写诗的经历,我不止一次问过自己:为什么要写诗?写诗是为了什么?这两个问题就如一个人对着空茫茫的天空发问:人为什么要活着?活着是为了什么?

对于逻辑思维能力极差的我来说,不能为自己找到一个满意的答案。我只知道,对我来说,烦琐平淡的烟火生活之外,就只有诗歌了。

经营小超市以来,我并没有完整的写作时间,很多的诗都是在顾客的来去之间抽空写成的。或是一边做饭,一边写。再或是夜里醒来,有时一点,有时三点,那时真安静啊,窗外几粒星光,村庄里没有一点声音,整个世界仿佛只剩下我一个人。不,仿佛我也不存在了,只剩下一支瘦弱的笔,领着一群词语,在白茫茫的纸上孤独地奔走着。

我在一首诗完成之后的亢奋中,快乐着小小的快乐,幸福着小小的幸福。人间低处,我没有锦衣华服来裹住自己的渺小和卑微,只能用诗歌作外衣,抵挡生活的虚空,抵挡冬雪夏雨,抵挡人间四面来风。

如此,就无限美好了。这无限的美好,我指的是诗歌。而诗歌之外,是并不优雅,也不诗意的烟火生活。

和千千万万乡下女子一样,在这个四面环山的小村

庄里,我过着先人们留下的"日出而作,日落而息"的平凡生活。只不过是从2016年经营一个小超市以来,我从粗粝的农活中脱离出来,不再下地锄草施肥、点种收割,而是每天和满屋子的商品、来来往往的顾客打交道,开始另一种单调乏味的生活。

像我这样一个不善言辞、不喜交际、不会动用心机的人,偏要莫名其妙地去经商,直到现在我还对生活的这个转折点充满疑惑。还好,我是在乡下,一个仅有一千多口人的小村庄里。还好,这片土地上民风淳朴,村民们善良厚道。

一个所谓的不懂经商之道的生意人,居然爱上文字,爱上写诗,且一爱便不可回头,又是一个至今让我费解的问题。

并不是世间每个问题都有答案,对于这种偏离正常逻辑关系的问题,只当是头顶飘过来一朵云,你用想象力给它穿上小裙子,或是戴一顶太阳帽,天空之大,由它去吧。

是的,天空多么广大!而渺小的是我们。

我在由大大小小的商品围成的百十平方米的空间里,日复一日,年复一年,重复着同样的日子,没有横渡人生的野心,只有与诗歌永远相伴的欲望。

这欲望如同盛夏的草木,有庞大的根须,有蓬勃的叶茎,有对脚下这片土地的深爱之心。

说到爱,仿佛六月那些温热的词语都来到了我的笔下。你看:窗外夏天的花朵灼灼地开着。田野上的谷物,在大地之上,天空之下,野野地生长着。远远的山中,布谷鸟高一声低一声地叫着。我爱的人和爱我的人都平安,无恙。

这人间滚烫啊!我,不能不爱。

2022年6月9日

目 录

1 谎言
2 一剪时光
4 维摩寺
10 我还在每天写一首诗
11 我在黄昏,向你飞
12 立冬辞
14 隐患
15 异乡
16 风从南山吹过来
17 这样一个午后
19 风继续吹
20 一条河流指着明天的路径
22 初冬
24 写给你的诗
25 再等一下
27 无处问
28 还有诗歌
30 今夜,我写不出一首诗
31 没有梦见你

32	小雪
33	今夜，似有故人来
34	我不能给你我的梦
35	去郑州的路上
37	密谋
38	一棵柿子树
39	北风吹
40	虚空
41	梦见春天
42	最后一朵月季花
43	黄昏如酒
44	你想要的都在这里
45	隐藏
46	大雪日·画
47	致旧人
48	我把人间重新爱了一遍
49	等一场雪
50	描述一条河流
52	黄昏散步的人
53	无奈
54	我们不在同一个夜晚
55	凌晨
56	大风起
57	致荣姐
59	离别

60 致某人

61 再致某人

62 冬至

63 醉

64 清凉引

66 忧伤如雨

67 沙砾中的花

68 天净沙

69 物象

71 最后一个夜晚

72 新年辞

74 指纹

75 小寒

76 最后一首诗

77 有生之年

79 朴素的爱

80 何所之

82 坦白

83 误生,问月

84 天黑下来以后

85 大寒

86 我喊了你一声

87 仪式

88 反抗

89 温习

90 虚度
91 在屋顶跳舞的女人
92 二月,晚安
93 此时夜
94 病
96 病句
97 我这样描述一个夜晚
98 重复
99 早春
100 今夜,我点不亮一支蜡烛
101 我不是折梅的人
102 二月
103 我在老家等你
104 第九十一封信
105 等你到星宿满天
106 较量
107 相遇
109 关于一本诗集
111 春天,致你
112 雨水
113 在清晨散步
115 爱
116 我不能爱
117 元宵节·夜雨
118 爱的气味

119　征服

121　惊蛰

123　失眠记

125　如果再相遇

126　驿站

127　杏花那个落

128　南风往南吹

129　此情此景

130　春分日

132　写诗的时候

134　蓝色日记

135　自画像

136　清明

137　人间四月天

138　还有多少个春天

139　四月

140　答案

141　致Z君

142　我是谁

144　如何去爱你

146　相见欢

148　寂寂无声

149　四月书

150　月无边

151　夜未央

152　春山空

153　长调

154　片段

155　潦河坡

160　谷雨辞

162　谷雨天

164　黄昏雨

165　夜色挪上屋顶

166　后来呢

167　洛阳一夜

168　无关之物

169　洛阳最后一夜

170　三月十五日夜

171　离歌

172　春天的最后一个夜晚

173　五月恋歌

谎　言

头顶的天空
蓝得不真实
如同一个谎言
蓝着蓝着，也让我信以为真

我信了，昨夜的月亮不会溺水
河水那么瘦
它承担不起辽阔的白

我也信了，你想起一个人时
还会靠着一棵树
点上一支烟

天空继续蓝下去
还是没有云朵飘过
没有一只鸟飞过
偌大的谎言
一点掩饰也没有

2020 年 11 月 1 日

一剪时光

日光再往西斜一斜
恰好对着一扇窗
风把窗帘掀开一条缝
一道阳光侧身进来
书桌上刚好准备了一本书

书页半开半掩
书上有红笔画过波浪线的句子
我没有说出"香冷金猊,被翻红浪"
我低下耳朵
听阳光扑打在水面的窸窣声

水声沿着高低不平的句子
蜿蜒而下
起伏,跌宕
流着流着
就朝一座山的方向奔跑而去

我不敢往下听了
山中有人
那人也在这样的午后

在一扇窗的后面,听着我听到的声音
——水声转弯处,绊住一个人的名字
一只白鹭鸟突兀地叫出了声

2020年11月2日

维摩寺

只有风

正好是秋天
山水往后退,让开一条道
风,阳光,我们并肩跨进寺门
我的双手压在胸口
还是没有按住身体里那声低呼
"维摩寺,我来了!"

没有手捻佛珠的僧人走动
没有游客
没有香火
那暮色里撞响钟鼓的人呢
"夜半钟声"说的是寒山寺
维摩寺只有风

只有风
吹了一千多年的风
从隋朝吹过来,吹动满院衰草
一部残缺的史书,秋草一样

泛黄,凌乱

字迹模糊

我一页一页翻动时

心中的潮水涌动

阳光不再喧哗

整个四里店安静下来

人间的繁华

一低,再低

瓦　砾

拨开荒草

我寻找一小片瓦砾

一小片就足够了

那时,它在高处

飞檐上挑的那一片

它抚摸过云朵,离星空那么近

飞鸟的翅膀擦过时光,擦过它的额头

它俯视寺庙烟火

看尽千年桃花

一座王朝的盛衰揣在怀里

此时,我和它对视

它低于衰草,陈旧,破碎
我低于人间,沧桑,弱小
我们站在同等的位置
平分着维摩寺的秋色

后来,我先低下头
在身体里高高举着的旗帜
缓缓地放下
我后退一步,让出三分秋色
对一小片破碎的瓦砾,躬下身

想念王维

每走一步,我都小心翼翼
我怕裙底有风,惊到你
青灯长卷,你还在那些长夜
写诗,作画,念佛,诵经

我还是来得早了
霜叶还未红透,一场雪还未下
你的雪,在字里,在画里
纷纷扬扬落了一千多年

我未着红装,未穿踏雪的鞋
你的门窗落锁,我进不去

"寂寂幽夜,茫茫荒陇"
我说的是你五十五岁那年的夜晚

风一吹,烟云都会散去
此刻,一个不会饮酒的女子
提一壶菊花茶,轻叩门环
"先生,开门"

衣冠冢

照着我的阳光
也照在这一抔黄土上
高大粗壮的乌桕树
缀满麻雀和阳光

乌桕籽半张半合,说着什么
明晃晃的光线迟缓地移动
如同忧伤
几次哽住

先生,这里的黄土埋你的衣冠
不埋你清白的骨
你看,这清秋八万里
适合把酒论天下

如果你的魂魄穿着旧时衣衫归来

四里店的群山

都会起身

频频向你举起杯

古戏楼

如今，她空着，又老又旧

像一个暮年的青衣，掏空了自己

脱去戏服，洗去油彩

露出老年斑和皱纹

落寞地坐在维摩寺街的一角

看着来来往往的车辆和擦肩而过的人群

唱小生的人呢

会不会想起她送过来的秋波

翘起的兰花指

轻轻打在他脸上的水袖

"你这个冤家——"

秋风萧瑟，那些春闺梦里人啊

我站在台下

秋风在台上踩着鼓点

一场戏落幕

另一场戏开场

恍若有人唤我——"小姐,这边有请"

我躬身还礼——"公子,请了"

2020年11月3日

我还在每天写一首诗

屋后的白杨树
落光了叶
与秋风相对而立
似乎无话可说了

我不再扫院里的落叶
和墙角的菊花对坐
也冷,也艳
相似的苦,我们无法倾诉

秋天把我们含在嘴里
咽不下,也吐不出去
它也苦

许多羊群已转至新的牧场
我放牧的一群词语
还在张湾村的荒原上
啃食着西沉的落日

2020 年 11 月 4 日

我在黄昏,向你飞

一到这样的时辰
我就管不住自己
天光暗下来,落日悬着,摇摇欲坠
我变小,变轻
羽毛柔软,蓬松
且有红润的喙

我模仿一只鸟,向你飞
如果你在荒原的尽头招招手
或是打个呼哨
或是咳嗽一声
八百里的黑,我带着落日
一起跳下去

传说中的极乐鸟
一生都在天上飞
累了
就睡在风里
直到死
才落地一回

2020年11月5日

立冬辞

还是晚了
风把一个日子卷起来
我想摘取枝头最后一枚柿子的红时
却摘到一个人鬓角几根白发的白

如同清晨瓦楞上的苦霜一样
寒光闪闪
仿佛要逼着一场大雪
招认一生的罪名

越来越惧怕那些闪光的事物
午后的阳光
夜路上扫射过来的车灯
那人眼里一闪一闪的笑意

我的眼睛干涩,有时酸疼
但我很久没有哭
看天上的云朵时
我总要眯起眼睛

我很久不写书信了
我去井边打水,去山中拾柴
寒夜里生一堆篝火
火光照着他的白发,不那么刺眼

2020 年 11 月 7 日

隐　患

秋风割秋草时
我心里盘踞多年的一根藤蔓
被连根拔去

我不停地扯下月光,云朵
够下枝头的红果实
还是堵不住胸口处的破洞

像那年手术,隐患部位已切除
而我的身体里
留下无休止的,空空的疼

2020 年 11 月 8 日

异 乡

我试着,把这些林立的高楼
当成落光叶子的白杨树
远远看着
黄昏时会不会有一群麻雀落在树上

我试着,把朝一个方向行驶的车辆
当成村庄里的河流
去河里洗去手上泥土的人
已拖着一小片暮色走过第一棵柳树

我试着,把一个城市的喧嚣声
当成田野上的风声
风中有呼啸而过的孤独
有我一喊就碎的人名

一个城市的灯光次第打开
它们明亮,耀眼,焦灼不安
匍匐在水里,蛇的信子一样
有闪闪烁烁的欲望

我在白河边走了几个来回
还是不能把它们当成四里店的月光

2020 年 11 月 10 日

风从南山吹过来

我在河岸站立
没有头顶芦花
你不能把我当成一株初冬的芦苇

我扶不住一棵树
单薄的影子倒在水里
浩浩荡荡的流水穿过我的身体
我有古老的记忆
你不能把我当成只有七秒钟记忆的鱼

你一次次举杯消愁,抽刀断水
我是你酒盏里那个伤痕累累
不怕刀的人
我怕风
南山吹过来的风
风一吹,我就迎风落泪

2020年11月11日

这样一个午后

如同积攒了一个秋天的爱
全部在此刻掏出
这个午后
成堆成堆的温暖
堆积在院子里
比她的孤独盛大

天空蓝得有些奢侈
云朵全部落下来
屋檐上挂一些
树枝上挂一些
剩下的折叠在她的裙摆里
如同她为一个人写的诗句

她准备在这样的时辰里停下来
等树上的一只花喜鹊
带来明天的好消息
或者在屋檐下的台阶上坐下来
把一首诗
重新修改

或者,她什么也不做
拨弄着一个人名
左手换到右手
也不把温暖翻转过来
仿佛这样,她就永远在爱里
冬天的冷就不会到来

2020年11月12日

风继续吹

风摘光了村庄里的树叶
吹芦苇,吹山坡上的蒿草
没有什么可吹了
把一个人吹进土里

走进土里的人
不再担心地面上潜伏的一场雪
也不再关心一条河流
会忽然折身向西

而我
把一天的好时辰用完
剩下黄昏的黄
黑夜的黑

明天,我还要在黎明
替那个走进土里的人
分担他留在人间的
白茫茫的霜

2020年11月13日

一条河流指着明天的路径

抱不住一怀阳光的时候

我抱着自己的双肩

下巴支在膝盖上

像一枚卷着身子的落叶

落在台阶上

扫落叶的人

也扫碎纸片,扫路上散落的秋草

他没有打扫我的枯萎

我的身体里,有一朵花从盛开到凋谢的路径

我丢掉了向人间打开的钥匙

起风了

风吹着碎纸片

吹路上散落的秋草

吹不动我的枯萎

我身体里倒塌着一座废弃的城堡

掩埋了通向春天的路径

我辨不清回到枝头的方向

跟着村庄里的河流

从黄昏到天黑

2020 年 11 月 14 日

初 冬

你朝东,朝西
或是朝南,朝北
从哪个方向走
都会碰着枯叶,衰草,仓皇不安的风

如同你从哪个角度看
都是我略显枯瘦的中年

亲爱的
此时节,你最好不要见我
瓦上的霜不够白
我握住一场雪的决心不够坚硬

我拍去裤脚的泥土
去河边清洗灰扑扑的日子

一棵狗尾草在风中摇曳
它枯萎的样子

也很迷人
我的影子在河水中弯曲
弯曲的弧度
让我的中年,看起来胖了些

2020 年 11 月 15 日

写给你的诗

它在那儿——一张纸的空白处
可能是一场白茫茫的雪
雪里梅花开了
也可能是一江蓝莹莹的水
江心的秋月白着

它在那儿——一支笔悬空的空里
夕阳落山后暮色的苍茫里
我甚至看到
那些在午夜风姿婆娑的句子
句子里跳跃的词语
词语上闪烁的火焰,花朵

有那么一会儿,仿佛我真的
把它写出来了
读给你听时,万物发出光芒
整个宇宙都沸腾起来

2020 年 11 月 16 日

再等一下

等等
再等一下
那些温暖的事物
还没找到我

山坡上的野菊花枯萎了
我不想
指给你看黄昏的尽头
那场没有夜归人的雪

我的红棉袄还压在箱底
蜡梅花也没开
几只麻雀站在没有修饰的词语上
偷窥着屋檐下的红高粱

"阴雨天,你的腰部是不是又隐隐作痛"
我在天光的暗处
把这句话揣得很紧
我不想你看到我眼中的潮水

再等一下
等我从山中捡回枯枝
等我从枯枝里取出三月雨水
六月红花
那些温暖的事物,慢慢向我靠拢过来
如你,一步一步向我靠近

2020年11月17日

无处问

我还在黄昏
村庄,小桥,一只白鹭鸟也在
我想问的是,另一只去了哪里

顺水漂走的一枚树叶
飞进黄昏的一只飞虫
一封没有地址的信

我对你说起这些微小事物的时候
黄昏正在消失
而我,作为一个问题的存在
也正消失在即将降临的黑夜里

2020 年 11 月 17 日

还有诗歌

来,你顺着我手指的方向
低一下头
躲过悬在屋檐上的那场雨

避开杨树枝上
一团惆怅的光影
你不用担心我眼里的桃花

那些春天,已很遥远
我指给你看的
是野外一朵即将枯萎的百日菊

你看见花瓣上的暗灰
花枝上的枯黄
如同看见我

在灰茫茫的荒野,混迹于衰草之中
没有摇曳之姿
我咳不出一枚落日

一袭灰衣,裹着我空荡荡的中年
只有那些诗歌,握着拳头
对准我心脏的位置

2020年11月18日

今夜,我写不出一首诗

"把这首诗写好再睡吧"
我对自己说时
夜已堆埋到我的胸口

天黑之前,我没有去村外转
我不知道,这个黄昏的夕阳卖给了谁
谁揽了一怀的温柔去想念一个人

我胸闷,气短
不能把那团黑踩在脚底
不能把围上来的冷推开

仿佛千里之外的雪下在我心里
先是覆盖了荒草
最后掩盖了路径

白茫茫的白
多像我们干净的爱
走到这里,没有路了

2020 年 11 月 20 日

没有梦见你

雨下了一夜,有些倦怠之意
凌晨四点三十分
靠在我的屋檐下喘息
我们有相似的万水千山之后的疲惫

我在梦里,提前走完一生的路
熟悉的、陌生的人
和我擦肩而过
只是,没有你

悬在窗下的贝壳风铃,声音喑哑
仿佛拖着一个村庄的雨
一条河流的呜咽
一个人的悲泣
又像是谁走丢了
他的亲人走街串巷喊哑了嗓子

2020 年 11 月 21 日

小 雪

你不要对我大声说话
我俯身山川大地
说的是吴侬软语

我走路轻轻飘飘
你可当我是白色的幽灵
扑上你的身体
你的心和我的一样,不染尘埃

我那么胆小
怕你说爱
怕你伸出手掌
怕你唇边呼出的热气

我怕
我一动心
就是你眼角滚烫的那滴泪

2020 年 11 月 22 日

今夜,似有故人来

黄昏已过,是夜了
那条路还空着
一直在等
等两个手拉手走过来的人

我不打算开灯
也不打算向天空讨要一碗月色
白天该到来的都依次到来
——雨夹雪的天气
之后的冷
冷时我想起的一个人

我的心空着
我要在心里生一堆篝火
温一壶酒
放两把椅子,一张红木桌

2020 年 11 月 23 日

我不能给你我的梦

我们不再谈论越来越冷的天气
在这样的黄昏
——风把秋天的金黄咬碎
含在口里,此时又吐出来的时辰

我们说说开在寒风里那几朵月季
它们灼热,明艳,有不安的野性
如同你酒后吐出的真言
昨夜那三碗烈酒,你就着北风饮下
长情若水啊,你该从背后抽刀

我能给你的
是一钩垂钓不起圆满的残月
是一缕长风,滑过我的屋顶
又消失在街巷的尽头

我不能给你我的梦
今夜,到处是你抽刀之后的流水声

2020 年 11 月 24 日

去郑州的路上

隧 道

穿过那条一千六百多米的隧道时
我突然打了个寒战,胸口一阵痉挛
仿佛我是那座山
我心脏的位置被掏空
来来往往的车辆是齐发的乱箭

风

那些山,跟着我
那些雨,也跟着我
把我送出四里店,送过鲁山
山不再往前送了
雨又跟了一阵,也回去了
只有风,我村庄里的那阵风
还紧贴着车窗,追着我跑

迷 失

终于,我辨不清方向了
把北说成南,把东说成西

我不知道车往哪个方向开
我只是把经过的村庄
都认作我的村庄
把正在抵达
或永远无法抵达的
都认作诗，或远方

2020年11月25日

密　谋

郑州之行的第一个夜晚
土灰色的行李箱里，装着我的衣服
——纯蓝的外套，藕粉色的毛衣
它们还留着昨天村庄里阳光的味道
野外枯草的一声叹息

毛衣的一个夹缝里
还折叠着一小片水声
那时我穿着它
走过黄昏的小桥
桥下水声四起

此时的灯火阑珊处
行李箱的滑轮
摩擦着这个城市湿漉漉的路面
摩擦着路面上闪烁的灯光

仿佛人间位置颠倒
星光落在地上，人影映在天上
仿佛一个村庄和一座城市秘密交谈
谋划着一个乡下女子明天的命运

2020 年 11 月 26 日

一棵柿子树

多么不可思议！我们在这里相遇
我推开酒店二楼的窗户
它在对面楼下
枝头挑着几盏红灯笼,身子探出院墙

多么突兀,这红！像谁的一声惊呼
让一大片高楼都不敢出声
秋天已过,这是他乡的冬天
这是在一座城市,雾霭低垂的黄昏

老乡！你好！
我把手伸向窗外
它的枝干好像颤抖着
尽力朝我伸过来

我的手和它的手之间,空洞的部分
是一条河流,一道山洼
是闪闪的红灯笼
照着回家的羊群

2020 年 11 月 27 日

北风吹

北风不停地吹
心里的山水又落浅一寸
露出尖硬的岩石
每走一步都顶着我的胸口

我还是把你藏在没有落浅的
下一寸山水里
假装我依旧是那个
行走在冬天而又怀揣花朵的人

灯光落寞的街头
我会假装系一下鞋带,蹲下身子捂着胸口
也会在一首诗里自设悬崖,跳下去
摔断筋骨,自己抱着自己在黑暗里哭

还是坏天气,北风又紧一阵
加了一件衣衫
那些隐蔽的伤口,深井一样
更加幽暗

2020年11月28日

虚　空

如同在野外
我指认不出哪一棵枯草下面
藏着一颗荡漾的春心
日光向西倾斜
我找不到一个让我芳香起来的理由

枯黄的日影贴在墙上
我的影子贴在日影上
如同虚空压着虚空,哀伤扶住哀伤
我们一样
怀疑尘世的美好,手脚冰凉

窗台一盆水培的新蒜
在恍惚的日影下,绿得像疑问
我站起来走动
如同另一阵风,穿过檐下的长廊
消失在风中

2020 年 11 月 29 日

梦见春天

四面八方都是春天
都是花开的路
风往哪个方向吹
我们就往哪个方向走

我们的额头光洁
没有被墙壁磕出疤痕
我们的头发乌黑
目光清澈如水

荒寒的长夜
我想把这样的梦重复着做
一直做到
桃花灼灼地开了

2020 年 11 月 30 日

最后一朵月季花

散场了
所有人都走在前面
揣着他们各自的枯萎消失在风里
在暮色落下之前
在霜雪打下来之前

你还在高枝上
作为最后的目击者
你能证明所有的花朵
都用心开过了
从你眼睛里消失的每个人
也都真心爱过了

你相信自己一样,相信着明天
你还是红的
仿佛誓言——
那个跪在地上的人,指着天空
发出的誓言
那个咬破食指的人,摁在白布上的
鲜红的誓言

2020年12月1日

黄昏如酒

一次次,我把黄昏捏在手里反复折叠
折痕处折出的破洞
总是有关旧人,我不忍心去问

桥下流水深绿,岸边柳树裸露的锁骨迷人
而我已穿不起白衫,也羞于对你说出
"这黄昏如酒,敬你一世温柔"

冷风在背后吹,我总是脊背发凉
我怀疑,这么多年我一直背着那场雪
雪地上你手指写下的名字,一道浅,一道深

那时看见你鬓角的几根白发
隔着人群我递不过去手里的杯盏
我还是想在心里问你,身上的衣暖不暖

我又一次把一段旧事抻平
落日的酒杯倒尽余晖
有没有一杯又苦又涩,卡在喉间
让你,难以下咽

2020 年 12 月 2 日

你想要的都在这里

一座院子,不必太大
够种一架蔷薇,几丛芭蕉
够一束月光
从东窗踱到西墙根下

要有那样一个黄昏
落日迟迟不肯落下
一院子夕阳,猫咪打着呼噜
母亲生火做饭,父亲把牛羊牵回家

再有一条河就够了
一片叶子落在水面
足够你荡舟而下
找到那个失散多年的人

你想要的这些
都在一张纸上,在一首诗里
诗里的每个字
都穿着自己的水晶鞋子
去想去的地方,爱自己想爱的人

2020年12月3日

隐　藏

你在河边独坐,看微风推着细浪
把一些绵软的话语往对岸送
哦,这个百日菊大片枯萎的下午

你独抱这一河的荡漾和凋零
看岸边这些花朵,不肯俯身为泥
固执地把褐色的悲伤高高举过头顶

不像你,身体里藏着一百头猛兽
它们相互撕咬,踩着你的关节奔跑
而你,安静地看对岸的垂柳照着流水梳妆

你只看微风推着细浪,你不知道
它们看你时,你是一个心里养着一架蔷薇
在天空踩着云朵行走的人

2020 年 12 月 4 日

大雪日·画

大雪封山,也封住了屋门
她的院子被风吹着
越来越薄,成一幅画贴在地上

她在画里不停地走着
一整天
马匹过去了,车辆过去了
一列火车长鸣着驶来
没有站台,车门一直没有打开
火车也过去了

天黑了,她还没有找到那棵
能把自己画上去的梅树

她只是一笔闲愁
天地一色,没有缝隙
可以让她插进去

2020 年 12 月 5 日

致旧人

"很多事模糊不清,很多人无法温柔相认"
落日对着黄昏抒情时
我还是在荒原上一一辨认出它们
狗尾草,苍耳,黄秋英,百日菊

它们在一帧发黄的旧照片里
枯萎得让我心生暖意
仿佛我在熙熙攘攘的尘世里
认出的旧人

它们也辨认着我
衣襟上暗灰的纽扣,笑容边沿的破洞
确认我们都被时间的砂轮磨去光泽

黑暗中浮起的灯火
把温暖又加厚一层
我们说着将要来临的一场风雪
一点也不觉得冷

2020 年 12 月 6 日

我把人间重新爱了一遍

天空那么低
仿佛从山坡上站起来
我一伸手就能摘下一阵雷声
一道闪电,甚至一片雨
可是,我不能

你看,山下的小路上
牧羊人走在前面
后面跟着他的羊群
而我的身后,一群麻雀落下来
与草木轻声细语交谈

我把一条河流的咆哮装进口袋
捂住一阵北风的怒吼
我用手心的温度
把这个阴冷悠长的黄昏
又抚摸一遍

2020年12月7日

等一场雪

我又坐在很多年前的院子里了
父亲挑满一缸水,又去院子里劈柴
水缸里的水荡漾着
仿佛这么多年从来没有停止过
仿佛父亲刚把水倒进水缸
水与缸沿撞击的声音一直没有消散

母亲坐在门口,眯着眼睛缝补我们
棉衣上的破洞
这么多年,母亲拿针的手
一直停在空中
那个破洞,一直小嘴一样张着
仿佛有什么话要说

很多次,我从院墙的豁口处望过去
院外一条干净的,麻绳一样的小路
把我家的院子
很吃力地往山外拽

那时,风把院墙上的
一丛野草吹歪,又扶起来
那时,雪还没有落下来

2020年12月8日

描述一条河流

一条河流,流着流着
会沿着蜿蜒的夜色流进我的梦里
我的梦,因此辽阔起来
有了六百三十公里的长度
一万二千五百平方公里的面积

春水潮涨时
我何其有幸,多么富有
六百三十公里长的波光粼粼的爱
给一个人,够他用一千多个春天了

潮水退去时,它是一面镜子
我从这面宽大的镜子里
有时,见身穿蓑衣的人荡一叶孤舟
竹篙轻轻一点,就过了万重山
而我,总是绕着一条河流,转不出去

有时,看一群又一群人,在河岸走来走去
他们仿佛是从一些句子里走失的词语

或是从一首曲子里滑落的音符
他们低头寻找,自身干净的来处
也寻找,尘世宽敞的出口

更多的时候,我看那位长发女子在水里
清洗她灰扑扑的中年
她的中年,被越洗越白,越洗越清澈
越洗越轻盈

再轻一些呵!那条河流就从我的梦里飘起来
不过是,爱我的人赠我的一条白纱巾
轻轻,落在我拳头大的一颗心里

2020年12月9日

黄昏散步的人

整个天空的云朵落在一条河里
那条河是她的
一河水在她面前荡漾
从此岸到彼岸的荡漾都是她的

那些夕阳里的树,树上的空鸟巢
那些认不出的草,叫不上名字的山坡
她都想叫成自己的名字
她那么富有,拥有得那么多

她对那个男子说
她是悬崖,是深渊,是旋涡
这样的危险她揣得很紧
没有人看见她身体里有一千盏酒

桥上的人来来往往
没有人看见她自己酿的酒
一杯一杯
把自己灌醉

2020 年 12 月 10 日

无 奈

我想问
有没有过那样的时刻
你和一片树林对视
它们没有一片叶子可落
你口袋空空
掏不出一个形容词
像两个交换了心的人
再也没有什么东西可换

而那满地的落叶
无助地堆积在地上
像那些年写过的信
信纸泛黄
没有地址
没有收信人

2020 年 12 月 11 日

我们不在同一个夜晚

村庄里的灯光熄灭一盏
浓稠的黑就向我移动一寸
我们不在同一个夜晚
我还是起身,让出左边的位置给你

我在暗处
灯光照着你
照着你的鼻子,你的眼
你唇角一厘米处的一颗黑斑

夜黑风高啊,小心灯火
我熄灭最后的灯盏
这样,我们就在一样的黑里
没有灼伤的危险

2020 年 12 月 12 日

凌　晨

此时,有谁在夜里醒着
身体里长出藤蔓
爬出窗外,攀上院墙
细小的枝叶伸进一个人的梦里

此时,有谁在梦里
抓住一片绿叶,顺着藤蔓
爬出窗外,攀上院墙
轻手轻脚走进那个醒着的人的心里

2020 年 12 月 13 日

大风起

一定是谁在喊
它们奔跑起来
——落叶
一小片纸
一块碎布头

起初,我站着
辨别喊它们的声音
——从遥远的三月的枝头
从一扇窗下,红木桌上铺开的信纸
从古老的黄昏,晾衣绳上一件蓝衫的衣襟

后来,我也奔跑起来
从一棵枯草的叶茎
向着一座村庄
村庄外一座山峰
山峰之外辽远的长空

十二月,谁在远方喊我
声音婉转悠长

2020 年 12 月 13 日

致荣姐

那个五月
你来时
我村庄里的芍药花正开得无拘无束
而拘束的是我
羞怯不安的是我

你说,你是沿着我诗歌里的字句一路寻来的
可不可以说,今生我用文字做下的标记
只为遇见你
村庄里种下的垂柳是
沿途撒下的花香也是

你笑声的尾音拖着一条清澈的河流
顺河而下
是两岸青山相对
空谷回声悠扬
是风声疏,鸟声稠

你眼里的光
比那个五月的暖阳明亮
张湾村的路高低不平

你提着灯盏
让我看见山顶闪闪烁烁的星辰

你送我的两盆绿萝
葱绿的藤蔓还沿着时光
生长攀缘
日月有多长，它们就能长多长
山河有多久，它们就能生多久

此时的冬，万物都有凋零之心
而你眉心桃花不败
指间绕不老风情
你心有明月
胸怀绿莹莹的千江水

2020年12月14日

离　别

后来,他们还是没有说一句话
之前,是一段路
他在前,她在后

她踩着他的影子
每一步都是他心的部位
他们之间,是一米宽的风

说话的是它们
——河岸的两棵芦苇
芦叶摩擦着芦叶,白头抵着白头

一粒沙吹过来,她蹲下身子揉着眼睛
一群落叶追着载他远去的客车
跑了一会儿
渐渐地停在路边

2020 年 12 月 15 日

致某人

那场雪还没有来
你壶里的酒还没有喝完
盛不下那夜的月光
你还没有找到足够长的布匹
蒙住星星的眼睛

你想要一个唐朝的黄昏
你想约一位旧人
你想问一句"晚来天欲雪,能饮一杯无?"
其实,你只是想抱着火炉
把壶里剩下的酒喝完
而我,只想是那个为你斟酒的人

那场雪一直舍不得落下
那个黄昏一直舍不得来
我们舍不得想念
仿佛相遇太美
我们舍不得相爱

2020 年 12 月 15 日

再致某人

只剩这一片荒原了
野兔隐迹于深山老林
茅草叶上
还挑着一只麻雀飞走后留下的震颤

我想给你的羊群,落日穿越的戈壁
美丽的那拉提,都在一支歌里
薄如纸张
而你穿不过去

一场雪的预言还揣得很紧
没有白,人间的纯洁不够,我的爱不够
我从窗上取下的月光,有匕首的光芒
迎上来的肋骨处,都长出妩媚动人的花骨朵儿

可我能给你什么呢?
荒原如此空荡
麻雀已飞走
茅草叶上的震颤,已停止
一缕小风也拂袖而去

2020年12月17日

冬　至

落日顺着山顶往下坠
把黄昏压歪
最红艳的那抹夕阳，伸进一河水里
迎接正在赶路的鱼群

而她不在路上
她在一首诗里
她对人间过分抒情
仿佛重复使用的一个形容词

西风打一个长长的呼哨
河水开始涌动
她和水面那些长短的句子
手拉手一起跑起来
仿佛急于抵达远方
抵达另一个欲雪的黄昏

2020年12月19日

醉

我和你之间,是一段八百里长夜
比起万水千山,不远不近的距离
我能听见你那里碰杯的声音
举起的酒杯中,你碰得最响

我听到一河坚冰咔咔嚓嚓地碎裂
一江春水顺着你的喉咙饮下去
北风只拍了一下窗
没有"问君能有几多愁"的人

你摇摇晃晃走过空旷的街道
想念比八百里夜长
你唱起了歌
我听见,北风和你的声音一样嘶哑

2020 年 12 月 20 日

清凉引

一

她一个人,坐在夜里
剥新买的橙子
如果她的手再纤细些
如果灯光再老旧些
如果她对面坐着拨弄笙的少年

她就会忘了
手背上被荆棘划破的口子
忘了抵着她后背,那场欲下的雪
她就坐在那个宋人的词里
"纤手破新橙"

夜半更深
她手里的橙子只剩下一瓣
弯月一样,卧在她的手心

二

时光走到这片山林时,停顿下来
像久别的两个人忽然重逢
怔在那里

栎树上还有未落尽的叶
总有一些留在秋天的话
意犹未尽

两株野生的芦苇,临着一脉瘦水
林中的光照在它们的白头上
它们的暮年,看上去寒光闪闪

有些树木的枝条,穿透满林的寂静
指着没有一只飞鸟
没有一朵云彩的天空

那些空洞处,可以插上一阵风
吹落一小片雨
恰好落在
一个仰脸看天的人的嘴唇上

2020 年 12 月 24 日

忧伤如雨

黄昏不是
田野不是
而我是

赶着羊群下山的牧羊人,不是我
背着落日下山的人,不是我
升起炊烟的人,也不是我

我不能像最后一枚红柿子
摇曳枝头
也不能像第一颗星子
悬挂夜空

我在晚风截取的一个时辰里,来回几趟
和慌张的鸟群相认,和不安的流水相认
我们确定同类,亲人的关系
唯独,与你,不能互道晚安

2020 年 12 月 26 日

沙砾中的花

可是,它还开着
在一片沙砾中
举着一朵温暖的红
举着时浓时淡的香

这个一平方米的沙漠
缺水,缺土,落日下没有吹箫的人
偶尔,会有一群蚂蚁扮成驼队
不驮丝绸,珠宝
它们驮运一只虫子的尸体

每天写诗,逼迫自己开花
我从日子的沙砾中抠出一些词语
在夜的磨刀石上打磨,让它们发出光
我一遍一遍地磨,直到它们喊疼

读诗的时候
你看到花开,闻到淡淡的香
可是你看不见我眼里疲惫的夜色
看不见我的手指从生活的荆棘中穿过
血迹斑斑

2020 年 12 月 27 日

天净沙

月光移步窗台,撒下几把碎银
你要换取什么
月光下,我的少年
大坛的高粱酒
我已卖给那个服下六片布洛芬
却止不住疼的人
你买不到醉

这杯红茶已凉
我的炉火熄灭
我的酒店打烊
少年,你看此时的光阴洁白
你的衣衫洁白

而我,已在黄昏当尽所有
这夜晚如此空荡,干净

2020年12月28日

物 象

生起炉火,手脚温暖

面颊潮红时想起你

好像你也不冷

写给你的字句

带着我三十八摄氏度的体温

球兰的藤蔓已爬上窗台

再过些时日

它们绿色的小手掌

就会伸向窗外

抓住一只飞过来的蝴蝶

墙角花架上的情人泪

泪眼婆娑的样子,一点不像我

这个冬天少雨,我的眼睛时常干涩

出门时我戴着手套

藏起手背上的疤痕

我私藏着一窝春风,吹不到你

我裙摆里折叠着一江水,流不到你

这些发着低烧的字句

我写好,码好,排列整齐

却没想好,投进炉火,还是寄给你

2020年12月29日

最后一个夜晚

盛风,盛雨,盛来路归途
越来越沉重的身躯
轻飘飘的是明天
寒霜在夜晚闪烁
星辰一样散落草丛,我不敢去碰

十五的月亮又圆一次
我们还是在一些句子的突兀处
左右为难
我总是手脚冰凉
不打算在这个季节生根发芽

五谷丰登是秋天的事
离春暖花开的距离,够一个少年
打一个响指
吹一声长长的口哨

我用笔尖,封住最后一个缺口
仿佛句号
近似于圆满,近似于缺憾

2020 年 12 月 31 日

新年辞

都还是旧的
天气,衣衫
走散的人,梦见的人
一只灰麻雀在院子里转了两圈
还是没有找到一粒谷子

荒草继续荒着
枯叶继续枯着
它们并不理会一个崭新日子的到来
我绕着村庄转来转去
没有遇到鬓角插花的人

新的春天还没有到来
我写旧的桃花
还在远远的山间没有开
我承认,我对人间的爱不够
对一个日子的赞美不够

"你是我的空气,我的雨露,我贴身的衬衣"

你第一百次对我说这句话的时候

一个新崭崭的时辰

又被我们用旧了

2021年1月1日

指 纹

有时,它们是路,一条连着一条
九曲十八弯
从黄昏里伸出来
从脉脉余晖里斜出来

领着我
从一个村庄到另一个村庄
从一处驿站到另一处驿站

那些路,弯曲在我的指尖
让我相信,我的手握着一片辽阔的大地
大地上起伏的山脉
我与命运击掌,掌声清脆响亮

有时,它们是河流
我在岸上,看它们蜿蜒,跌宕
最黑的夜里,我伸手看不见五指
它们清楚地知道明天的去向

2021年1月2日

小 寒

有些日子了,我的窗户紧闭着
拒绝风,拒绝风中的传言
——关于雪的,一朵梅花的

我心里的帘子,也严严实实拉上
拒绝一只灰麻雀从南山带来的消息
——关于一场雨的,一个人的

仿佛这样,那些刀子就会绕过我
继续去割荒原上的枯草
断那些还在流动的水

那些水瘦了又瘦,仿佛早年写的信
后来,只剩窄窄的一行
横在发黄的纸上

那纸上有霜,有薄薄的冷
仿佛这冷还年轻
我们,还是青丝白衣的少年

2021 年 1 月 5 日

最后一首诗

梦做到尽头,你醒了
春天还远
杏花还没有酿出甜蜜
你醒得早了

结局过于仓促
一些事物还停留在梦里
急切地等你,从另一场梦里进去
领它们出来

今夜,梦外北风呼声尖厉
而墨迹已干
纸上的黑字,用一千吨沉默
压住开头的喧哗

念字的人念到最后
声音越来越细
像绳索,把最后一段夜
越勒越紧

2021年1月6日

有生之年

接下来,北风继续往北吹
日子会更加单薄
瘦出锁骨

一场雪会从清晨落到黄昏
染白灯下
赏雪人的眉

会有一帘雨,挂在中年的客舟之上
帘下听雨的人,也不问
夜深了,还有谁对着空茫茫的江水惆怅

你还会写诗
把一些用旧的词语重新摆放
染上更古旧的颜色

你写道——"草色没过马蹄
一个女子倚在桥上
看流水穿过夕阳"

已是暮春
你还穿着淡青色小衫
衣襟上缀荷花,布鞋上绣缠枝莲

2021年1月7日

朴素的爱

你给的那座花园,我已不再种玫瑰
不再引来成双成对的蝴蝶
化蝶的传说只是在传说里飞

把春风引到纸上
给你读魂不守舍的句子
那是多年以前的黄昏

我们种下十亩麦子
百日菊枯了,黄秋英也凋谢了
只有它们,相信爱一样
在田野上,义无反顾地绿着

我们打扫院子,拔掉墙缝里的杂草
日子缝隙里的蛛网也打扫干净
我们把小米撒在院子里
并肩坐在台阶上
我们不等风,也不等雨
我们等,觅食的麻雀落下来

2021年1月9日

何所之

一

没有开灯
这样的黑
把我身体里没有落尽的暮色
隐藏得更隐秘些

而一些事物更白
比如一个人微笑时露出的细密的牙齿
比如依偎在枕边的一小块月光

仿佛我没有完成的一首诗里
最明亮温暖的一个句子
失散后又重新找到我

它在找到我之前
是不是叩过一扇落锁的门
是不是敲过一扇红木窗

在这古旧的夜的宣纸上
我是一个被自己用到疲乏的词语
不问,那个在灯下提笔的人
这个冬天会不会找到我

二

越来越空旷的田野
我说的是一群麻雀飞走后,再没有回来
而天空没有一朵云彩,没有一阵风
无处问

其实,我想描述的西风,袍袖宽大
装着你的来路,我的归途
也可以是窄窄长长的一缕
布匹一样勒住冬天的咽喉

越勒越紧的时候
它会掏出那场雪的白
招认一个偷窃者,窃走我半世光阴
远走他乡的路径

甚至,供出我怀揣匕首
而胸口藏着两只蝴蝶的私心

落日卡在山顶,我从山顶走下来
你的黄昏连着我的黄昏,无边无际

2021 年 1 月 12 日

坦　白

田野上，那么多树
粗的，细的；弯的，直的
都保持着一致的沉默

接近黄昏的光线
斜过来
仿佛它们就这样站了一百年

我代替它们
在村庄里来回走动
穿和它们一样古旧的衣衫

它们无法说出那些话
我也沉默无语

有时候，风从南方吹过来
我会弯腰摁住怦怦跳动的胸口
不让，衣衫起舞

也不让，衣襟上绣的一枝多年的桃花
开口说话

2021 年 1 月 13 日

误生,问月

夜深成一口井
你还在高处
天空辽远

低处的是我,皎洁的是我
微微战栗的也是我
你是那个在井上提水的人

我们有相同的孤独
我在的尘世,寂寞连成片
也不止八千里

我没有把酒盏朝向你
"那只风筝落别村
我们是不是梨花树下对棋的人"

石壁上的青苔
在夜的夹缝里
又绿出一道新痕

你何时垂下井绳
我何时逃离人间

2021 年 1 月 15 日

天黑下来以后

三百米河堤
走到第九个来回,天黑了

那只在河边徘徊很久的白鹭鸟
已不知去向

而我清楚地知道
黑暗中一座山脉的走向

我熟悉走回村庄的每一条路径
却无法描述一些悲伤的来龙去脉

你看天上的星光高远,弯月如刀
刀刃指着我,寒光闪闪

我只不过是身体里装着千万只酒杯
而很多时候把酒盏倒扣

我只不过是私藏了一个人的春天
犹豫那么久,还是不打算归还

2021 年 1 月 18 日

大　寒

走到这里,仿佛山穷水尽了
荒芜到了尽头
我们也无路可走

最冷的几天,百合冻死了,再也发不出芽
我也不再生出离别时
把一朵花别在你衣襟上的愿望

阳光明亮的时候
还有灰喜鹊在枝头叫一阵,停一阵
停顿处,一只喜鹊飞走,留下一小段战栗

山那边,迎亲的唢呐声响起
万物在阳光下的影子,越发黑暗
我看着自己孤零零的影子,倒伏在地上

几次伸出双手,我扶不起自己
我和我之间
灌满了呼啸的北风

2021 年 1 月 19 日

我喊了你一声

在黑暗里坐久了
我的月白色衫子也染成黑色
而你的影子更黑

这些黑暗被一次次打磨
饱满,光滑
没有缝隙,我还是陷不进去

一定有人在角落里磨刀
也一定有人攥一把火柴放火
暗淡的星光,把爱挂在高出几重人间的位置

此刻,我在刀尖插进胸口处
大火烧身处
哭不出,喊不出的无声处

谁家的窗突然亮起一盏灯
挑破了黑暗
我战栗着,喊了你一声

2021 年 1 月 21 日

仪　式

我还是在凌晨醒来
斜靠在床头读诗
天光微明的时候
顶着暗淡的星光跳舞,迎着风跑步

那个男子继续生起炉火
煮一壶姜糖茶,烤两只红心红薯
也用陈年瓦罐,熬一服中药
驱寒,止疼,调节过缓的心率

阳光猫进院子
扶墙而来,又扶墙而去
跟在阳光后面的,是一只麻雀
轻薄的翅膀托着一小片光

那片光的后面,仿佛托缀着广阔的田野
辽远的天空,甚至流向春天的一条河流
这些蜿蜒而来的事物
我读成你从远方寄来的一首诗的开头

2021 年 1 月 23 日

反　抗

已有多日,不再招惹黄昏
不再染一身暮色,跳进月光也清洗不净

顺从夜晚的安排,倦鸟归巢
垛子石山退进黑里,一条河流退进黑里

关上院门,关上灯,我关掉自己
而关不掉的是一道栅栏

仿佛有一千朵花要开放
仿佛有一千种事物要在黑夜启程

我在心里圈养一个冬天的羊群
潮水般涌动着,急于抵达明天的牧场

2021年1月27日

温 习

允许我继续使用这样的句子
——红色的云朵开在天上
黄秋英开在路旁
那时是未暮的黄昏

允许我心里也开着花
小小的蓝色的花朵
有着孤独绝望的美

我听见你在黄昏那头
轻轻唤我
刚好起风了,南风很大

我蹲下身子,低头看流水
一道波纹推着另一道波纹

是谁的一把竖琴
反反复复弹奏一支尤调的曲子

2021 年 1 月 29 日

虚　度

整个冬天
我在反反复复修改一首诗
诗里关于我和你的那个句子

我过分使用修饰的词语
我动用月光,黄昏,花朵
甚至火焰,斧头

一直无雪,没有一场铺天盖地的白
摁住那个弥天大谎
我举起的斧头
也不能让一个突兀的词语变得圆润

火焰在风口处独自熄灭
那个反复修改的诗句
只不过是一道黑色的疤痕
死死抵住我的肋骨

2021 年 1 月 30 日

在屋顶跳舞的女人

村庄里亮起灯
她听见村口传来狗叫声
那个怀揣着"日暮乡关何处是"的人
她看见他身后拖着八百里伏牛山的影子

一架飞机从头顶飞过
夜色里还有这么多在天空里赶路的人
一颗流星,快速向天边滑去
某个地方,一定有一团光急于升起

她站在高于人间几米的地方
看见得那么多,只是没有人看见她
她在屋顶跳《可可托海的牧羊人》
风停了
她旋起的红裙子还没有落下

2021 年 1 月 31 日

二月,晚安

他在黄昏来信,说落日温暖
那时,夕阳正斜过院墙
倾斜处
一些美好的事情越墙而来

一只麻雀在窗台上跳来跳去
是他信中掉下来的
一枚鲜活的词语
它打算把窗台上的夕阳全部吃完
重新回到一首诗里时,周身金光闪闪

就像那个支着下巴
望着远处发呆的女人
此时起身
把落下来的夜色
全部兜进她的裙摆

她回到夜里
所有的事物都对她说晚安

2021年2月1日

此时夜

我还没有看到梅花
红色的雪地靴在墙角蒙了尘
它还没有遇到一场雪

背对西窗吹笛的人
还没有把一纸东风吹破
我们隔着长空写信,地址不详

山外的列车顶着星光赶路
那些没有抵达的事物
都将停顿在途中

灯下海棠的枝上,已有米粒大的芽
这小小的年轻的唇
把一个秘密咬得那么紧

我的良人啊,你再不说爱我
过了今夜这道门槛
我就是春天的人了

2021年2月2日

病

我知道,这不是病
我轻飘飘,又软绵绵,走路无声
像云朵,也像芦花
这飘忽的美,应是早春
我的心上长出玫瑰
我有柔软的疼

草叶上的露珠,仿佛是爱
我不敢去碰
我一伸手,它们就嘤嘤诺诺哭出声

我不敢想你
一想你,我就会抽枝发芽
遇到开始变轻的风,我就会呼啦啦开花

多么可怕啊！春天还小
还没有长出圆润的胸
我就想长成一朵摄人魂魄的桃花

我不敢给你写信,每写一次
都像发一次高烧
头重脚轻,语无伦次

也许,我真的病了

2021年2月3日

病　句

这么多年
你在我无法完成的一首诗里
一个病句处

我修改过春天的路径
我们踩坏的三月
已开不出桃花
我在塌陷处建造一座望月亭

我修改过天气,把一场雨倒扣
每个清晨都有露珠
每个黄昏都有夕阳
每个夜晚都月满南山

我无法挪动,你在两个词语之间的位置
一边刀锋,一边火焰
你卡在正中间

2021年2月3日

我这样描述一个夜晚

村庄里的灯光渐次亮起
渐次熄灭
披着晨光出门的人
已穿着薄薄的夜色归来

海潮一样涌到广场的孩子
又潮水一样退去
夜的沙滩上,最后只剩下
一盏灯,一扇窗,一盆绿萝

我们对坐
谁也没有说出"小年快乐"
它们的唇没有碰我的额头
我的手臂也没有环绕它们的细腰

仿佛今夜的星辰依然年轻
星空下的我们
眼神清亮
还没有乌云飘过

2021年2月4日

重 复

该来的,都依次到来
——迟疑着猫出院门的夕光
从房顶缓缓垂下的夜幕
接下来,她倚着门框
看远处山上亮起的灯光

她想把这样的次序打乱
把灯光掐灭
把夜幕卷起来
她想追出院门
拽住摇摇欲坠的夕阳

这样,她就能把白天想念过的人
在落日的温暖里
重新想念一遍

2021 年 2 月 5 日

早 春

她站在一缕风的停顿处
吹乱的发丝
遮挡着她眼中的焦虑不安

原野无边,天空蓝得尽是谎言
写什么都不对,说什么都是错
没有什么可以遮挡
她在明晃晃的阳光下走来走去

她怀里揣着一千封信
等东风邮寄

2021年2月6日

今夜,我点不亮一支蜡烛

天色暗下来,远山退后一步
让出宽大的黄昏
一些影子倒伏在心里
我想点亮一支蜡烛

我的衣袖窄小
遮挡不住门缝进来的风
我眼里有早春的烟雨,收进你的青衫
你的衣襟在我心底,水草一样飘摇

我还是看不清你眼角的细纹
褶进去的是笑意还是悲伤
今夜,我扶不起你的影子
点不亮一支蜡烛

比黄昏更宽大的夜里
没有一束光,对准我心里的黑

2021年2月7日

我不是折梅的人

那场雪未下
我和你白头的愿望
一直在头顶的星空上悬着

听闻山中有梅花
开成妖
我白天黑夜忙着给你写信

那树梅花
自己开了
又自己落了

烈焰红唇,它梦不到梦里的人
一口冷香,一口寂寞
它自己把自己吃掉

你还未归来,我还在写信
这个冬天
我不是折梅的人

2021年2月8日

二 月

一棵小草
忽然摇晃一下
荒原辽阔
没有人碰它,风在喊它

正在流动的一湾溪水
拐弯处,顿了顿
一朵落花忍住恨,戳它的额头
"你这个薄情的冤家"

那个戴风帽的人,穿过拥挤的人群
街角处忽然停下脚步
他仿佛听见
邻家妹妹在老家喊他

一声,又一声
像粉嫩的小拳头
一拳一拳
捶打着他的心

2021年2月8日

我在老家等你

一只小山雀,在一个黄昏飞走后
再没有回来
那阵翻过院墙的西风,拐个弯
跑出村庄,不见了踪影

这个冬天,中途离场的事物很多
那个风雪之夜不在
犬吠声不在
夜归的人不在

水井里的青苔,绿得没有一丝杂念
树枝上的空鸟巢
对着一角没有云朵的天空
空得没有任何想法

夜晚如期来临,我又坐在灯下
绣并蒂莲

2021年2月8日

第九十一封信

给你的信,写到这里
我要用春天开头了
字里行间
我要放进去一些温暖干净的词语

我仔细擦去玻璃上的灰尘
扫去院子里风带过来的草叶,碎纸屑
和一只鸟掸落的羽毛

我对着河边一丛青绿起来的水草抒情
我拥抱从身边经过的每一阵风
仿佛那绿是你,那风也是你

写到最后,我没有再提起黄昏
没有再提起,海棠枝上新发的蕾
我爬上梯子
在门口挂两只大红灯笼

2021年2月8日

等你到星宿满天

夕阳落下
黄昏落下
一只麻雀落下
一群词语还在晚风里飞
落不到一张纸上

夜晚的黑,从一个人的脚底浮起来
一个女人的悲伤,从心底浮起来
它们有同等的重量

而高处,仿佛有一双大手
用力把这黑往下压
把悲伤往下按

这一大碗浓稠的夜,倒进一条河流勾兑
倒进满天星光勾兑,再倒进
那个女人的半世光阴
还是,化不开

2021年2月9日

较　量

穿过原野时,我还是放慢了脚步
枯草漫漫,一只苍鹰在空中盘旋
它试图叼起这荒原

风声四起
枯草里有隐藏的队伍
队伍里有举旗呐喊的声音
这声音潮水般涌动着

我身体里有九百九十九朵桃花要开
我心中有一千只蜜蜂
多出来的一只要飞出去寻找它的花朵
我要捂住桃花的喊叫

落日从山顶坠落,巨大的轰响
把风声压了下去

2021年2月9日

相　遇

我一直怀疑，2018年的五月不真实
小镇的天空，蓝到虚无
云朵白成深渊，成群的鸟往那里飞

蔷薇花开得不真实
那风，也仿佛是从一个梦里吹来
又吹到另一个梦里去

无法触及的事物很多
遥远的星光，水里万物的倒影
明天一场意外到来的雨

很多次，我咬疼中指
确认我在人间
在一条窄窄的路上，和你相遇

确认在那个五月
你朝我招手
你抬起的手臂举着一团光

我从人间低处站起身

踮起脚尖

抬头仰望星空

2021年2月11日

关于一本诗集

我想提起的是,2019年暮秋的那个下午
一本诗集的序言之外,诗歌之外
我一直无从下笔的那一部分

从我们的小镇到郑州
有几百里风,几百里雨
我胸中就有几百里起伏的潮汐

远方那座城市灯火通明
我如一粒尘埃
卑微和高傲都孤零零地没有了参照物

你手中握着一道闪电
比那座城市的灯火明亮
你劈开夜空
掉落的星光砸着我的脚面
以至我走路时,脚步不再失重

我在心里点亮一支蜡烛

黑夜一次次落下,黎明一次次升起

我一次次提笔,又放下

我始终找不到一些句子

配那一路遥长的风雨

2021年2月12日

春天,致你

你看
我又一次脸红
语无伦次
这是早春,我多像海棠枝上一朵迎风的蕾

我想对你说起
村庄里大片大片的阳光
温暖得想扑到一个人的怀抱里哭

两只野鸭子,在河边的芦苇丛里
叫得人心慌意乱
子夜的星光悬在梦外
我在梦里呼吸急促

我的话语到这里停顿
你在一些红句子和绿句子中间
让我左右为难

2021年2月17日

雨　水

天气还是晴好
干枝梅上的花苞
比昨天又鼓胀一圈
这一夜之间长大的秘密
我忍着,不去猜破

我的衣襟里
藏着一千颗花的种子
我私藏着你丢弃的那个春天
只是此时的风
还不能解开我的衣襟

我还是忍不住,想对你说
我要在心里下一场雨
突如其来的一场雨,你来不及打伞
我要让你湿漉漉
软绵绵地贴着我的心

2021 年 2 月 18 日

在清晨散步

春色不到一寸
没不过脚尖
还盖不住
我绣着牡丹的鞋面

一颗还在熟睡的草籽,梦里翻身时
不经意间拽着我的裤脚
不像我,昨夜辗转反侧
梦不到一个人

墙角的两棵玉兰
将开未开
它们在清晨的风里
推杯换盏

我无处打探一棵野桃树的消息
无处追问
一只蝶扑火后化成烟
还是灰烬

此时,星光隐去
如果你还伏在窗下写诗
我的绣花鞋会钩住你诗里的一个句子
把春色再挑高一寸

2021年2月20日

爱

晴好的天气持续着
提前到来的春天
把一些喜悦拎到高处
我像一朵白云,挂在枝头

那些割伤我的事物
仿佛在松软的人间重新破土
长出柔嫩的红指甲
掐着不疼

仿佛我还能和相爱的人永远爱下去
地老了,天荒了
我为你写出的诗句还澄澈干净
而你读诗的声音依然年轻

我想象着那样一个清晨
从一只麻雀红润的喙里吐出的清晨
院子里的苹果花初放
空气刚刚洗过

2021年2月23日

我不能爱

隔着黑压压的人群
一个人是一座山,一个人是一条河流
这万水千山的距离
我走不到你

我收集一路遥长的雨水
这雨水淋不到你
我收集残缺不全的月光
这月光照不见你

人间的高处
你看不到一棵小草
在料峭的风里微微地战栗
你听不到一只麻雀胸腔里奔腾的潮汐

这人山人海,我是一粒沙子
迷不进你的眼睛
万物击掌
我是掌声停息,灯光暗淡后
收在黑暗里的一小块沉默

2021 年 2 月 26 日

元宵节·夜雨

谁家墙外的杏花,在枝头早早地开放
谁端起又放下的酒杯盛满月光

这良辰美景设在别处
我赞美过的爱,那么多人又赞美一遍

我喊不出的名字,一只野山雀替我喊了
我流不出的泪,今夜的雨替我流了

我爱不起的爱
今生,再没有人替我去爱

高高挂起的红灯笼,迎着风
我修补的日子,有两处裂痕

一处离散
一处重逢

2021 年 2 月 26 日

爱的气味

村庄里的灯火,全熄了
而雨声不息,敲打着门窗
空荡荡的夜更空了

你湿漉漉的手指
从雨的喘息处伸过来
滑过我的长发,额头,眼睛,鼻尖

等等!等一下啊

你是怎么找到我的
我双唇紧闭,严守着早春的秘密
来路归途,都是悬崖峭壁

我困在雨夜,没有像柳树一样发芽
没有像玉兰一样开花
我还没有长成桃花的样子

我只是一枚果核,腐烂之后埋进泥土
再次,吐出香气

2021 年 2 月 28 日

征 服

那么多日子
松油一样
一滴一滴落下来
我们像两只小昆虫
被堆埋得越来越深

这堆积时缓时快
有时我们踩着落叶沉默
有时我们在雪地上奔跑
我们看到新枝上海棠的蕾
又一次失声惊叫

我收起一只翅膀
借助你擦亮亿万个春天燃起的光
在天空侧身飞翔
你磨光尖锐锋利的部分
顺从我目光里的柔软

透明容器里那两只美丽的小虫啊
不再挣扎

月光下,在一张宽大的床上
触角抵着触角,翅膀摩擦着翅膀
"我会征服你,总有一天,老给你看"

2021年3月2日

惊　蛰

三月的风轻了又轻,日影叠叠重重
我睡意昏沉
那些事物也在梦中

小蚂蚁抵着啃了一半的面包屑
青蛙枕着渐渐松软的春泥
口里还含着一支去年未唱完的歌曲

我舌尖上挂着你的乳名,一直翘着
梦见南山的连翘花开满峭壁
小青蛇身姿婀娜,果然是美貌的女子

还有多少事物在暗处
嘴唇翕动着
嗫出一个个小窝窝

你看,你看啊
柳丝软软地系在风里
一长队婚车系着红绸子

哥哥，迎亲的唢呐声不够嘹亮
你要折下柳枝
吹一支柳笛曲

2021 年 3 月 6 日

失眠记

一

她看到,她从她身上起身站起
推开门出去
比夜更黑的影子,她伸手拉不住

她走出村庄,穿过田野
一条河也拦不住
她想穿过夜的宽大无边的袍子

远远的山中,传来火车的轰鸣声
半夜三更,那些人来来往往
是在归来,或是匆匆启程?

夜的袖口越收越紧
她仰面躺着,凌晨三点了
她看见,她乘上一列南下的列车

逃了出去

二

与枕边的月光有关
与悬在窗外的星子有关

一些事物都在此时把自己打开
山寺隐隐的钟声
空鸟巢里的风
野地里声音喑哑的大狸猫

伤口一道一道还原
新鲜的疼,一朵一朵地开
寂寞一片连着一片

我打开自己,小心翼翼
仿佛一口倒挂的钟
一下一下,撞着黑夜的胸口

2021 年 3 月 9 日

如果再相遇

那些草,开始返青,苏醒
死过去,再活过来
那些花也是
而我不是

从那个春天,到这个春天
我一直活着,或者死着
我不会蓬勃地绿
不会不要命地红

如果可能
请让我再生一次
不在那个九月,菊花太苦
也不在那个腊月,梅花太冷

以一滴从瓦檐上跳下的雨
以一点在风口处闪烁的火星
以一只扑向光明的飞蛾

我穿着红裙子,踩着刀尖跳舞
一步一步向黎明靠近时
遇见你

2021 年 3 月 11 日

驿　站

黄昏时,它们都收起翅膀落下来
一群找食的麻雀
一枚走过整个天空的落日
一阵从南到北奔跑的风

它们的落下
让那些没有意义的事物有了温暖的姓氏
你可以轻声呼唤:
麻雀的窝,山顶的落日,墙角的风

接下来的夜里
我愿意是一只飞过沧海的蝶
落在灯下,你拆开的一封信里
那时你颤抖的手指沿着发黄的句子缓慢地移动

你低低的声音喊出"丫头"
我收起拖着千里暮色的翅膀
落在你尾音的停顿处

2021年3月12日

杏花那个落

但是,苹果花开着,桃花也开着
我还在三月行走,提着竹篮打水
做白日梦,从一处悬崖往下跳

春天兜售的雨水贵如油啊
"旧时天气旧时衣"
我没有往脸上涂粉,扑胭脂

我就着黎明暗淡的星光写诗,总是词不达意
我给自己画符,施咒
还是忍不住在月下,踮着脚尖跳舞

走过长桥,我把左侧的位置让给你
仿佛你还披一身夕阳
牵着落日从山顶走下来,满身青草的香气

我还扶着栏杆看流水
看流水拖着长长的裙子,穿过黄昏
自顾自向远处流去

2021 年 3 月 13 日

南风往南吹

还要继续下去,小南风往南吹
干枝梅开败了,花香还固执地撞着南墙
草色翻过门前的山岗,一直往南山绿过去
这些往南的事物,都不肯回头

春光刚刚溅过马蹄
有痴情的书生从唐朝启程
做着春梦的青蛙王子翻了个身
压不住的人间,适合醉生,适合梦死

适合两只野鸳鸯,摇摇摆摆钻进芦苇丛
适合一对白鸽子,低低飞过黄昏
我多想把自己打碎
重生一回

我站在千年前的桃树下发着呆
忘了掩上柴门
桃花一朵一朵地落,一朵一朵地开
我的红裙子,在南风里摆呀摆

2021年3月17日

此情此景

玉兰花紫色的杯盏举到黄昏
我倒不出一滴酒
也说不出"抱歉,美人"

我的手指间缠绕着一条河流
指给你看的人间
总是蜿蜒,跌宕
又湿漉漉

我不打算拧干自己
从一场雨到另一场雨,一步之遥的距离
我愿意身体里流淌着九百九十九条河流
每条河流的走向都指着你

多么不合时宜啊,春光这么好
赏花的人都一梦不起
而我,衣袖空空
买不起一场醉

如果你还饱蘸笔墨
在三月写软绵绵的情诗
我就是那个你无法摘除的病句

2021 年 3 月 18 日

春分日

我继续向你描述
河岸上裁出的柳叶
它们在风中,细细地试着剪刀
刀刃锋利啊,桃花也敢相迎
而我不敢

黄昏时
再剪出几粒燕语莺声
我的裙角就上下翻飞
春风试我
我会管不住自己

那些长满雀斑的旧事,靠着南墙
我还想伸手去扶
最艳的那朵桃花从树上落下
匍匐在地
是我爱你的样子

我又说到爱

人间再次昏暗

夜色收拢十指,我双手合十

左掌心的海水,和右掌心的火焰一样多

此时,它们相融相生,不相克

2021年3月20日

写诗的时候

我不是我了,耳红心跳
我在天上飞,在水里游
我的舌尖有蜜
我的指甲缝里开出玫瑰

我没有了年龄,我是月下的老树
我是凌晨瓦上的霜
我是深夜涂在一张嘴唇上的口红

我一会儿热,一会儿冷
我钻木取火
失手点燃一个春天
一场大火席卷整个豫东平原的麦田

我再一次破碎
在天空碎成漫天星光之后
我成颗粒状,一粒一粒地落在纸上
白的是纸,黑的是我

这个只剩下黑白的世界

悲伤是我,喜悦是我

沉默是我,喧哗还是我

2021年3月22日

蓝色日记

什么事也没有发生
杏花雨,桃花雪,风暴事件
天色就暗下来了

相安无事的村庄
一个女人想和春天私奔的念头
火星一样闪了一下

夜晚穿着铁布衫,没有烧出破洞
那些夜间出来行走的人,自带光芒
模仿一些动词和形容词,制造事故

她在纸上写下"此时夜深如海"
一片深蓝的海水
就开始在一张白纸上奔腾
她的另一个念头闪出来
火焰般,蓝莹莹的

2021年3月25日

自画像

再次提起黄昏,她还是拿起来,放不下
像一种爱
用惯的背景,她不更改

她手指纤细,而落日浑圆
她捧不住
先于落日,已有一朵云掉下去
一座山掉下去

她的一大段年华也往下掉
指尖一抖
挂住一件白衬衫

月亮浮起来时,还没有人走过长桥
她也没有笑
左脸颊酒窝里窝着的那杯酒
一直没有倾倒出来

2021 年 4 月 2 日

清　明

如同被什么事物追赶着
或是谁扬起鞭子
风不停地吹,花不停地开
雨不停地下

我不停地写信,白天黑夜
一封又一封
来不及署名,来不及写上地址
春光这么短,而我们的爱那么长

在春风里走失的人不回来了
留下的人间我们照看着
他们看不到的桃花
我清晨去看,午后去看
黄昏,再去看一遍

2021 年 4 月 3 日

人间四月天

如何是好！我的牧羊人
四月里，想入非非的事物那么多
你看，左岸的杜鹃花开着
右岸的海棠花也开着
隔着我们的一江春水
癫狂得不像样子

我们在一张纸的正面玩火，反面玩水
正反的夹缝里，是动荡不安的风
此时，蜷曲着身子
左右为难，不敢轻举妄动

我的牧羊人
你看你的羊群在天空悠闲地吃草
仿佛生死，都是小事

2021年4月4日

还有多少个春天

从一只野山雀的叫声里
截取的这段黄昏
尾部的颤音
依然拖缀着与你相关的章节

这么多年,我在一个虚构的情节里打转
我把春天写老写旧
我把黄昏写得又细又长
绳子一样伸到你那里,能打多少个蝴蝶结

每个结上结一个
还能重新结出多少个春天
让你摸索着
一步一步寻到我的暮年

2021年4月4日

四 月

想去见你
桃花败了,梨花败了
春天一步一步后退
我在柳絮纷飞里
虚拟一场繁华,步步为营

靠近你
风推着风,浪翻着浪
风口浪尖
我不能把横在我们面前的命运竖起来
让出一条重生之路

绿意铺天盖地,反败为胜
四月举起杜鹃鸟的一声悲鸣
不能啊
我不能在见你的路上应声倒地

2021年4月6日

答 案

人间四月稠啊
花事,情事,旧事,明日事
风中书信来来往往
没有一个人从深海里浮出水面的消息
她躬下身
像一个问号叩问脚下的土地

一场雨放在她的左肩
雨中有湿淋淋的人冒雨前行
三十个春天放在她的右肩
她的身子更低

她的手抠进泥土
没有人知道
她手心里握着一个村庄
手背上刻着一个名字

2021年4月8日

致 Z 君

这座城市的灯火迷离,空气迷离
你也是
梦里的事搬到这个夜晚
也不过是,你看我的目光里有六月的闪电
你的声音里有三月的细雨

也不过是,那夜你燃起的孔明灯
再次从白河岸边升起
也不过那些旧日子换了新装
走在春风里袅袅依依

也不过是,你握住我的手
把沉睡在手心里的梦捏疼,捏醒
而我们
没有叫出声

2021 年 4 月 8 日

我是谁

一

它们有一样的喧哗
桐花开啊开,梨花落啊落
那个穿着绣花鞋的人
眉心点了红痣,手臂轻摇
截住一场赶路的雨水

我在花香倒悬的黄昏
不施胭脂
不着红衫
不染烟柳
不言不语

二

探出身,我还是摘不到
崖壁下悬着的春光
春光里缀着的你
你手里握着的花朵
——这摇摇欲坠

在一座城坍塌之前
在一场庞贝的命运扣过来之前
在我抓住你的手之前
良人啊
你不要,以命试我

2021年4月9日

如何去爱你

就到这里止步吧
再走下去就是深海
我对自己说时,隔岸灯火已渐次熄灭
放火之人隐去所有的蛛丝马迹
一堆灰烬也不露声色

花开如海,花落如潮
我还没有借助一粒惨淡的星光
试探出你那里夜色的深浅
你出的无词牌小令
至今我还不敢说出答案

我的身体,没有重新长出一个春天
也就是说,我还没有在这个春天复活
我还没有学会游泳
饮酒也不会
想醉一次也不会

我没有一条鱼的勇气

跳起来,去敲开那片海

我总是脸红,心颤

手也颤抖

擦不亮那根火柴

2021年4月12日

相见欢

一

我还是消瘦,你不能怪我
是杨树叶日渐圆润
鸟声比昨日丰满
把这条路挤得窄长
而你我恰在路上

其实,你和我之间
还有下半个春天的距离
这没有叠合的圆
还隔着几场雨
几个月黄昏

我们说着说着,一阵风插进来
短暂的失语之后
一串鸟声斜进身体,喧哗声四起
让我看起来
胖了些,脸更红了些

二

门楣低,夕光也低
埋不到来世
我一直记得
一条粉红色丝巾挂在风里

在此时上岸,风恰恰好
黄昏恰恰好
炊烟弯曲又伸直
我还能捂热一颗湿淋淋的心

我在尘世辗转的样子不够迷人
可泪眼婆娑时
也接近诗情画意

如果我回不到一棵草
如果我遇不见
在八百里荒原上放火的人

2021 年 4 月 12 日

寂寂无声

夜低垂,天空是,屋檐是
我写给你的句子也是
匍匐在纸上

你听,词与词的间隙
有贴着地面行走的流水声
有一棵草的喊叫声

这薄,这凉,这一捅就破的墙
如何安身立命
我胸腔里有雷声,有开出花朵的欲望

此时没有笛声传来
我还能起身,扶起地上的一束灯光
把低下来的夜往高处顶一顶

2021年4月12日

四月书

无能为力的事情太多
杜鹃花开成火
自己把自己往绝路上带

我力气单薄
不能把一截开往春天的列车推下海
不能把倒伏在地的影子扶起来

那条路越来越短了
短到我能装进衣袖里,袖口扎紧
假装你不在路上

幸福也越来越小
小到你一说出那个字,我指尖就颤抖
我一颤抖,黄昏就倾斜

云朵往下压
你看啊
地往下陷,天空仿佛要塌下来

2021 年 4 月 14 日

月无边

月光又一次照亮张湾村
照亮四里店镇
这么多年,它洗亮尘世的决心
从来没有改变

而我已经没有洗亮自己的野心了
我身上落着白天的灰尘
月光的手掌揉搓着我
我越来越暗

树的影子,我的影子,花的影子
在一面墙上晃动
几十年了,我们也没有
把自己晃出张湾村
晃出四里店镇

2021 年 4 月 14 日

夜未央

风从墙外进来
翻动窗帘
她在灯下翻着书页

帘子的皱褶处
蝴蝶藏在花的蕊里
她的目光,在书页的折痕处停顿

这次
那个少年从一个短句子里跑了出来
满头大汗,呼吸急促

蝴蝶飞不出来,风已翻墙而去
她想象着那个少年如何穿过刺玫花丛
那些刺,如何刺破他的衣衫,扎进肉里

灯灭了
她的书页还没有合上

2021 年 4 月 16 日

春山空

隐隐的钟声,敲打着夜
雨去山里坐一会儿走了
风转一圈也走了

兰若寺的僧人低头念经的样子
让我想到野地里的谷物低垂着情爱
一棵稗子必定结出谎言的定理低垂着

我想一个人的心
从沼泽地里爬上来
也湿漉漉地低垂着

他在的小巷
奶茶店的幌子虚晃着
阶上的青苔,没有我的手心凉

好久没有写关于他的日记了
很多事物都在这个时节急于说话,急于表达
而我没有

钟声一下一下敲着
还是没有人来

2021 年 4 月 16 日

长　调

这样的时辰又一次临近
风穿着平底布鞋
来到我的村庄
黄昏拎着一枚落日刚好上岸

这些用旧的句子,我还继续使用着
我没有试着改变口音
两只白鹭鸟含着的方言落在水里
被鱼群驮着,运往他乡

我等在原地
天黑下来之前
我的牧羊人,会把羊群赶下南山
他一个响指,我打在暮色里的结都会松开

他和羊群慢悠悠地过长桥
接上我的目光
接上他的一段豫剧唱腔
窄长的黄昏,还是不够用

2021 年 4 月 18 日

片　段

我们还没有说到天气
你眼睛里已经长出森林,枝繁叶茂
野兔,麋鹿,在林间雀跃
偶尔也有豹子出没
我背转身,我怕豹子眼中有火

天气还是晴好
一场雨遥遥无期
一只蜜蜂噙一小口蜜
吐在一朵杜鹃花上

侧身看过去
你的白衬衫更白了
是一根断发落在领口
而我不敢伸手去掸

2021 年 4 月 18 日

潦河坡

我是这里的一粒种子

我又一次迷失方向,又一次恍惚
从潦河坡镇上吹来的风
和我的小镇呼出的气息一样

扑在身上的阳光
有着我爱人一样的体香
那个在田间劳作的妇人
皮肤黝黑,笑容泛红
多像我的母亲啊,肩膀宽阔,腰身粗壮

在我的故乡,在阡陌纵横的田间
我也会辨不清东南西北
那时我是一棵庄稼
——麦子,玉米,大豆,高粱

潦河坡,你要相信,八百年前
我是这里的一粒种子
伏牛山的风,吹我到远方的小镇

这个四月,我翻山越岭,原路返回
风掀着春色翻滚,一波连着一波
迎接我,回来

悬天楼

走到这里
万物都不出声
几万万吨寂寞压在山顶
我呼吸急促

沉默压着沉默,凉堆积着凉
垒起来百丈高的楼
四周没有一棵树
天空还是高远
人间被撑得宽大无边

那块小小的石头,悬在山顶
沉甸甸的秘密摇摇欲坠
来这里的人,小心地一问再问
它咬紧单薄的唇

我不说话,云朵也不说话
风从背后推我一把
我清醒地知道

谁站在悬天楼的高处
谁就是那个可以摘到星辰的人

吴汉墓

喧哗的是它们
——墓碑上的字,排列整齐
它们开口说话
口口相传着千年前的战争
一个人的丰功伟绩

我放轻脚步,围着墓碑转三圈
樱花开了一个春天,落了一个春天
此时,每一片花瓣都小心翼翼

英雄在地下沉睡
我们的人间安好
他的梦里可还是落日黄沙
金戈铁马

潦河坡的阳光,一大片一大片地开
天空低下来,云朵低下来
我们更低,掏出一半灵魂
对这一丘黄土躬身叩拜
另一半灵魂,把低矮的自己往高处抬一抬

大棒山上的荒草

让我心头一收,又一紧的
不是站在大棒山顶
误以为自己是女王
吹着四面来风

那半架山坡的荒草,齐声呐喊
春都深了,它们还枯黄着
从那个春天到这个春天
这里,发生一场什么样的战争

风从荒草间呼啸而来
呼啸而去
它们弯腰又直起
直起又匍匐在地

又一次次倔强地站起

在大棒山,那些荒草摁着我
春色无边,我却不能起身

天鹅湖情话

去时,我该穿蕾丝边的白裙子
迎风跳舞时
配你湖面上的波光粼粼

我的头发不够长,还未及腰
去得还是早了
你岸边的柳,青丝也未绾正

人间四月天
急急来见你
这羞愧,这无端的慌

说到底,还是与爱有关
软风推着细浪
送到岸边,再这样送回来
一湖情话,喋喋不休啊

天鹅湖
我还是不够美
不够诗情画意
配不上你的传说

2021 年 4 月 18 日

谷雨辞

四月将要落下
尾音还在流水之上
云朵之下
低低滑翔

而天空把自己全部打开,敞开蓝
有些秘密还不能打开
一颗花生种进土里
让它说出五谷丰登,子孙满堂
还是明日之事

做一粒种子,我也有这种愿望
种在一个人手心里
他用力捏出一场雨
我就奔腾,是一小撮潮汐

他握紧拳头,我就不告诉他
我身怀绝技
他摊开手掌,我会放出一群儿女

其实,我只是一颗高粱种子
说不出爱,涨红着脸
躺在月亮地里

2021 年 4 月 19 日

谷雨天

风换了一个方向吹
像一个厌倦了低头走路的人
换了个姿势
朝天空打了个响指

日影往南倾斜
张湾村也向南
欠了欠身
春天又远离几寸

玉米和花生的种子
再次深入泥土
它们有机会
把去年长歪的命运重新纠正一次

我不打算纠正我的趔趄
每一次脚下打滑,绊住我的
不是一块石头
就是一枚光滑的词语

这次扶正我的
不是那些旁逸斜出的句子
而是泥土里,那些握着拳头
暗自生长的力

2021 年 4 月 20 日

黄昏雨

雨落到黄昏,轻飘飘的事物有了重量
花朵沉重,屋檐低了三分
一个人影在眼前一闪
心里的水位又上涨几寸

这样,我就能压住村庄的一角
不让鸟声浮起来
不让磷火一样的念头浮起来

桐花舍不得在一场雨里落完
春天就不会坍塌在我怀里
我舍不得在一场雨里想念
你就不会浑身湿淋淋,衣服拧不干

你一身轻盈绕过去
我假装一阵风从背后吹过
理理乱发,裹紧了衣衫

2021年4月21日

夜色挪上屋顶

夜,这只巨大的青花瓷碗
滴进几串雨声,就满了

昏黄的灯下,空着的事物很多
旁边的一张椅子
桌子上铺开的纸
纸上一首没有写出来的诗

她捂着胸口
那里刚刚结束一场爱与恨的厮杀
她捂着空空的疼

夜色挪上屋顶,雨声还挂在窗棂上
我挂在雨声的最高处
身体悬空
张湾村漂浮起来

四里店镇空着
再远一点
没有一声杜鹃鸟的咳嗽
八百里伏牛山也空着

2021年4月22日

后来呢

她的平底布鞋
一只挂在树梢
一只落在水里

在此之前,一阵风意外地进入
坐在一个细节上
把一些画面一描再描
她在细节的一个形容词上
脸红心跳

风中的少年追着风跑
她捂紧心头的火焰
粗笨的梧桐花也学会布置悬崖,虚设陷阱
她没有学会翘兰花指
不会穿着高跟鞋,提着红裙子跳舞

她踩着风
爬上黄昏的高处
又一次次滑下来
后来,她坐在桥头
赤脚踢打桥下的流水

2021年4月22日

洛阳一夜

这是异乡的酒店
洛阳雨敲了一夜窗
我假装睡意沉沉,没有起身

押上一路风尘赊来的夜晚
有多少陌生的事物想要破窗而入
汽笛声,夜半歌声
原谅我这个异乡客不够热情

车来车往,人来人往
霓虹灯不息
南北东西再次错乱
我从一棵紫槐树身上辨出故乡,认出亲人

洛阳城里多少杯盏交错,我只借宿一夜
明日启程
而那棵紫槐树不能动身
紫槐花一半开着,一半落在水里

2021 年 4 月 24 日

无关之物

一架蔷薇花,小山一样压下来
黄昏低悬
一场雨低悬
我心也低悬

它们都会塌下来
在月亮升起,星光浮现之前
在我走过之后
在一群人散尽之后

那时我已撑伞走过洛阳城
影子拖在地上,湿漉漉的
一街灯火,也湿漉漉的

那时春已凋谢
夏正打着花骨朵儿

2021 年 4 月 25 日

洛阳最后一夜

是的,还在窗外喧哗的不是月光
那些花花绿绿的灯光
不是张湾村的
张湾村的路灯,只有一种颜色
接近月光的白

风立在窗下,窃窃私语
它们说的不是四里店镇的方言
它们操着洛阳口音,殷勤地探问
我还是困惑
这里没有我相认的亲人

我开灯
接近阳光的枯黄色
高德文化酒店 8050 房间的窗口
有没有让一个也醒在黑暗中的人
眼前一亮,心头一暖

凌晨两点的洛阳城,半睡半醒

2021 年 4 月 26 日

三月十五日夜

蛙声沿河而上,她一脚踩灭一声
第九百九十九下
四周静下来
她胸口的疼趁势尖叫一声

她不能把这疼捂住,不能哭出声
也不能扶起倒在地上的影子
树的,她的,一株芦苇的
这低处的事物,那么多无能为力

月亮高高挂在天上
这枚人间最大的止疼片
离她又那么远
她踩灭的蛙声又次第嘹亮起来

2021年4月26日

离　歌

下午的阳光,全部落下来
堵住路口
灿烂堆积得到处都是
天空呈现整块的蓝

我想抽出一部分蓝捻成线
在你领口绣一朵莲的念头
闪电一样一闪

在此之前,一场雨下过了
水位上涨,你看不到
我身体里某个部位决堤,坍塌,一片汪洋

雨水多么充沛啊
这一刻也适合生根发芽
我把自己栽在路的转角处
风一吹就抽枝长叶

那么多绿色的小手伸向你
除了风,什么也拽不住

2021 年 4 月 26 日

春天的最后一个夜晚

信写到这里,纸薄了,短了
而那些纷纷扬扬的句子
还呈现着桃花的粉
这悬空之美,高于一朵夜色

而低于夜的
是风与蒲公英的耳语
轻轻一吹
就消失在流水打的一个蝴蝶结上

关于一场花事的盛衰
也不过是竹影扫过窗台
月光迈着猫步从院子里出去

更低的
是我们在纸上的最后一行
说到生死,那么轻
窗外的槐花扑簌簌落了一地

2021年5月4日

五月恋歌

黄昏像花瓣一样,又一次合拢
而我收不紧自己

不要试图抓住我
我是风,此时正掠过树梢
我是奔跑的欲望,此时正穿过中原大地

一地的芍药花敞开红,大片的香到处流动
这泛滥的美
你一个眼神,捉住我

亲爱的,不要制造灾难
你先松开手,移开你的目光
你眼里有火

等我束紧乱发,按住裙摆
等星光浮现
等夜从背后蒙上我的眼睛

亲爱的,再等等
等我坐在暮年的园子里
窗口爬满常春藤

2021年5月7日

只有风吹过树梢

瓦中月

景淑贞 著

河南大学出版社
HENAN UNIVERSITY PRESS
·郑州·

图书在版编目(CIP)数据

瓦中月／景淑贞著. -- 郑州：河南大学出版社，
2024.8
(只有风吹过树梢；1)
ISBN 978-7-5649-5828-2

Ⅰ.①瓦… Ⅱ.①景… Ⅲ.①诗集 - 中国 - 当代
Ⅳ.①I227

中国国家版本馆 CIP 数据核字(2024)第 054553 号

瓦中月
WA ZHONG YUE

责任编辑	马 博 杨光辉	
责任校对	时二凤 韩如玉	
封面设计	翟淼淼	
封面摄影	柳如月	
出 版	河南大学出版社	
	地址:郑州市郑东新区商务外环中华大厦 2401 号	
	邮编:450046	
	电话:0371-86059701(营销部)	
	0371-22860116(南方出版中心)	
	网址:hupress.henu.edu.cn	
排 版	河南大学出版社设计排版中心	
印 刷	河南华彩实业有限公司	
版 次	2024 年 8 月第 1 版	
印 次	2024 年 8 月第 1 次印刷	
开 本	889 mm×1194 mm　1/32	
印 张	6.875	
字 数	145 千字	
定 价	88.00 元(全 3 册)	

版权所有·侵权必究

(本书如有印装质量问题,请与河南大学出版社营销部联系调换。)

序 言

西衙口

"窗外,风在吹。"

什么是景淑贞的"风"?

在迟子建的《额尔古纳河右岸》中,风是"我"少年时在鄂伦春人特有的帐篷"希楞柱"里,由父母深夜里急切地呼唤着彼此的名字而制造出来的那种声音,那是一个民族的集体记忆。鄂伦春人身后的处理方式类似于西藏的天葬,不过他们是把逝者放在树上,因而称为风葬。我更熟悉的河南作家则提供了他们独特的中原之风。有人说李佩甫的《羊的门》映射了这个,映射了那个。李佩甫确实善用象征,但我以为,他发力之所在还是羊只那青草一般的卑微,而不是那些耀人眼目的细枝末节。阎连科的《受活》也是大块儿的象征——他的文学成就似乎并不一定需要魔幻现实主义这样的标签的加持。李佩甫、阎连科的文字提供了人是政治动物的再一个证据,河南另一大家刘震云的《一句顶一万句》则回归了琐碎寻常,集中于人的灵魂。人是孤独的,寂寞的,沉默无声的。

"像我这样一个不善言辞、不喜交际、不会动用心机的人,偏要莫名其妙地去经商,直到现在我还对生活的这个转折点充满疑惑。"

"一个所谓的不懂经商之道的生意人,居然爱上文

字,爱上写诗,且一爱便不可回头。"

这就是景淑贞的"风",一个乡间女子活泼泼的生命的象征。在她的分行文字里,风是纷纭的、斑驳的、炙热的,甚至湿漉漉得粘手,它的忧伤,看得见,听得见,摸得见,甚至能在这样的风里放一张饭桌,铺一领苇席,放一个枕头。

这个春天丢了什么?
田野上的风筝
广场上的摇摇车
孩子们的溜冰鞋

立在河岸梳妆的白鹭鸟呢
两只热恋中的蝴蝶呢
夕阳下走过小桥的长发女子呢

这个春天什么丢了?
村庄街巷空无一人
只有风,只有风在寻找
翻山越岭,昼夜不停

风着急的时候
会把灰色的天空撕开一道口子
掉下闪电和雷鸣
(《窗外,风在吹》)

然而，景淑贞诗歌里的神秘并不完全来自象征。象征至阴，也就是说她貌似客观，本质上表达的却是某种特殊的理念。要把握景淑贞诗歌理念的浮沉涩滑，还得细抠她的文本，从她的语言，和她的诗歌的情感品质入手。

景淑贞和诗歌是合一的，景淑贞就是诗歌，诗歌就是景淑贞，他们在一个相对匮乏、孤寂和闭塞的地方，互相鼓励着，互相依靠着，像两棵花楸树那样，以自己的薄弱支撑另一方的薄弱，以自己的沉默安慰另一方的沉默。这或许就是景淑贞的手艺拔节似的以肉眼可见的速度轧轧有声地精进着的秘密。

"不能再好了/阳光再这样好下去"（《我要下雨了》），这是景淑贞的反讽。反讽，或者更开阔一点说，幽默，其实都不过是一种态度，一种独特的直面自己短缺的能力，它的特点是由自己而不是别人来指认。这种品质会给你的文字带来一个很好的姿态，因为你至少已经对自身把握了一些什么，无论是本质，或者仅仅是一种现象。"雨丝软细/和黄昏的长度一样"（《梅花开了》），在细雨和黄昏的并置和比附中，黄昏有了雨的质感。而《不可说》一诗，则是痛感，或者直接叫它隐喻，她让声音遵循引力的规律直接砸了下来——"我们还不曾举杯/已有酒盏破碎之声/砸着脚面"。同时，分裂构思也表现得炉火纯青——"澎河为界/以北归你，以南归我/你是云，是雨，是梦/我是粉，离开花朵"。景淑贞诗歌的神秘性恐怕正是源自这里，概括地说，这是她的表达方式，或者说叙述。

《臣服》也是景淑贞很重要的一首，显示了她把身体语言纳入叙述的企图，"取出某些部位/——胸口、胳膊、胃的疼痛/我轻了起来"。《三月的情诗》可以说是景淑贞式的戏剧化。正是这些叙述成分的引入，让景淑贞的诗歌融入了当代诗歌写作的潮流。"门前的桃花开得和往年一样/攀枝折花的都是新人/我依旧长发中分"（《春分》），"我止了笔/一只蜻蜓悬空在一个诗人的第四句诗里/迟迟不肯落下来"（《2020年我写什么呢》），在这样的抒写里，"我"几乎不具人格。"我"是谁？谁在说话？这是叙事时非常重要的问题，一个现代诗歌的写作者有义务对此交出一个他自己的恰切的答案。

本土叙事性诗歌起自20世纪90年代。理论上，有欧阳江河的《89后国内诗歌写作——本土气质、中年特征与知识分子身份》，以及程光炜的《九十年代诗歌：另一意义的命名》《九十年代诗歌：叙事策略及其他》，等等。而叙事性诗歌的理论源头似应肇始于福柯的"知识考古学"。在福柯的知识观里，从事怀疑的解释学本身成了怀疑的对象。随着我们对表层-深层模式和因果链的扬弃，一种被排斥、被嫌弃的不依靠因果纽带话语而形成的非连续表层的后现代描述走上了前台。它冲击的是那种从传统或主体意识产品中追溯思想之连续演化史的人本主义的写作模式。由于认识主体被嵌定在一个新的、暂时的、有限的领域当中，因此他作为知识之主宰者的主体地位也就受到了威胁。人既是外部世界的构造者，又由外部世界所构造。他能够通过先验范畴为知识找到可靠的基础，或者通过"还原"程序使自身从经验世界中净化出来。

于是,我们在景淑贞的诗歌里看到了一个离散的空间,"我村庄里的一窝子风都有名字/——大丫家的,五奶家的/南坡的,北洼的,二道沟的"(《在异乡》)。而在《你想要的都在这里》这首诗歌里,她把一条河流移到了院子里。《致旧人》的戏剧化漂亮无比,诗歌呈现的是一种动态的意象而不是僵硬的淤塞物,这是对当代诗歌多元、并置、彼此独立诉求的一种呼应。"我把一条河流的咆哮装进口袋"(《我把人间重新爱了一遍》)。在这样的诗歌里,事物不再以同以往一样的方式被感知、描述、表达、刻画、分类和认知了。概括来说,景淑贞的诗歌里突出了话语的无意识规则。

不过,我们也要注意景淑贞诗歌准确、明快的一面。作为一个内地的写作者,景淑贞没有背离她的生活,没有背离我们深厚的历史,以及淳厚的乡土文化。无论她是写臆想,还是写梦境,都能给读者一个明白的交代,展现了她作为一个诗人卓异的修养。

它的确开着
小小的一朵白
在十月的凉风里
真实又恍惚
仿佛谎言穿上洁白干净的衬衫
也有清澈心动之美

仿佛果实挂在枝头
谷物结出饱满的籽粒
到了秋天
万物对人间都有一个交代
(《开在十月的栀子花》)

2024 年 4 月 7 日

(西衙口,中国作家协会会员。在《诗刊》《星星》等刊物有诗歌及评论文字发表。曾荣获北京文艺网第三届国际华文诗歌奖、"李商隐杯"诗歌大赛奖等。)

新岩画,新楚辞
——读景淑贞

吴元成

精美的石头会唱歌。方城有岩画,我是见过的。大约十来年前,我与同事踏访方城山野,俯身察看那些刻画、雕琢在岩石上的圆点、线条、图案,除了懵懂就是被震撼;那是数千年前乃至上万年前方城人上观星河、下察大地、内省自身的思想和情感。

方城有天眼石。乐于进山"寻宝"的朋友告诉我:"你要仔细寻找,但即便再仔细,也难保你一定能得到它。那是一种红褐色的砂岩,从外表看,它与其他石块无甚差异,只有切开来看,才能看到其中的奥秘——红褐色的底子上,居中就有一只圆圆的眼睛,专注地盯着你。往往是,一百块石头中,只有一块才有这样的'造化'。"

方城有黄石砚。虽不列四大名砚之内,但石质如玉、贮水不涸、发墨如油、如膏如脂,其声如磬,其色多变,为北宋书家米芾和黄庭坚所钟爱。

方城还有垭口。那是北宋水利工程襄汉漕渠之出口,也是南水北调中线自南阳盆地流向华北的必经之处。

精美的石头会开花。方城还有西汉法学家张释之,有"凿空"西域、被封方城的"丝绸之路"开拓者张骞,有空军英雄杜凤瑞。方城还有诗人,她叫景淑贞。

方城应该出诗人。

读景淑贞的诗,可以看到诗人笔下既有岩画的斑斓神秘,也有透视天地和人生的"天眼""诗眼";可以看到诗人像制砚之人一样精雕细刻,然后饱蘸生命之水、情感之墨,给我们描绘出多元的方城和多彩的内心。

诗人是用心爱这个世界的人。这两三年,大家都知道经历了什么。爱与恨,温馨与疼痛。景淑贞在《庚子年春,我们一爱再爱》中写道:

庚子年的春天,我已爱过一次
因为太过用力
我把这个人间爱得破碎
我爱过的花草都喊疼
可我还要再爱一次
替那些,在这个春天不能爱的人

我们都知道庚子年迄今,人类所遭受的苦痛,但只有诗人还能如此哀伤又如此达观,还能够继续爱。

用心写作是必需的。但,不那么用力,也是好的。近三十年来,中原女性诗歌写作呈现出多元化的风貌,蓝蓝、杜涯、琳子、扶桑、一地雪、阿娉、班琳丽、小葱等,个性都很明显。景淑贞让我们看到了河南女诗人的另一面:

立在河岸梳妆的白鹭鸟呢
两只热恋中的蝴蝶呢
夕阳下走过小桥的长发女子呢

这个春天什么丢了？
村庄街巷空无一人
只有风，只有风在寻找
翻山越岭，昼夜不停

《窗外，风在吹》告诉我们，生命有其脆弱，更有其顽强。而且诗人呈现给我们的是理性的光辉。又如《我该如何敬你》之一：

你离开后，一个秋天坍塌
小镇的天空倾斜，倒向冬日的荒野
我该如何敬你
九万里东风辽阔啊，揽下山川大河
却不够我放一杯酒

诗人的爱具体而广阔，天下在其中，爱情在其中。景淑贞带给我们的是深刻的共鸣：

我的心空着
我要在心里生一堆篝火
温一壶酒
放两把椅子，一张红木桌

通过阅读《今夜，似有故人来》，可以看出，诗人是善饮善醉的。从"一杯酒"到"一壶酒"，她要用乡情、亲情、

友情、爱情来消弭虚空和浩渺。

《左传》记载,楚国使者屈完在齐桓公所率诸侯联军前驳斥他的恐吓之论:"君若以德绥诸侯,谁敢不服?君若以力,楚国方城以为城,汉水以为池,虽众,无所用之!"所谓方城,表里山河,楚域广大。

自屈原始,楚风汉韵哺育了多少作家、诗人。《史记》云:"楚虽三户,亡秦必楚。"三户者,楚国贵族三姓屈、景、昭也。以《楚辞》为标志,屈、景、昭三姓还是楚国政治、经济、文化的缔造者、开拓者。

景淑贞做了很好的赓续,她的诗值得推介,值得好好品味。我们所能期待的就是,祝愿景淑贞更具"天眼""慧眼",在黄石砚里继续研磨,去创作更美的新岩画、新楚辞。

是为序。

壬寅年正月
记于郑东楚居堂

(吴元成,河南淅川人。系中国作家协会会员,中国散文学会会员,河南省作家协会理事,河南省诗歌学会执行会长。)

自　序

景淑贞

人的欲望是无止境的。

我的第一本诗集《请叫我村庄里最美的女王》2020年秋的出版，对于一个土生土长的乡下女子来说，已是上天最大的恩惠，应该感到深深的满足。

我着实为人生中的这件大事满足了一段时间，也狠狠地高兴了一些日子。时光一刻不停地向前走着，野地里的草枯了又青，山坡上的花谢了又开，乡下的这些植物，没有停止对春天的渴望，亦如我对明天的生活，依然充满着热切的向往。

于是，便萌动了再次出诗集的欲望。这个欲望一旦生根，便在暗夜里悄悄滋长，抽枝长叶了。当然，这只是生活中意料之外的一件事，像在一大片玉米地里，突兀地长出一棵红高粱，落日下红着脸，低头站在风里，既有惴惴不安之心，也有让人怦然心动的美。

在辽阔的中原大地，远离繁华的一个山乡小镇，在小镇一个四面环山的小村庄里，一个再普通不过的女子，用沾满泥土的手写诗，本身就是一件突兀的事情。

初春时，我花费了好几个晚上的时间，整理2020年以来的诗歌。我没有刻意地按照诗的内容归纳分类，只

是按照时间顺序,把这几百首诗分成三册,顺其自然地呈现出来,算是两年多来我在这个村庄日日夜夜生活的一个缩影吧。

回想这几年写诗的经历,我不止一次问过自己:为什么要写诗?写诗是为了什么?这两个问题就如一个人对着空茫茫的天空发问:人为什么要活着?活着是为了什么?

对于逻辑思维能力极差的我来说,不能为自己找到一个满意的答案。我只知道,对我来说,烦琐平淡的烟火生活之外,就只有诗歌了。

经营小超市以来,我并没有完整的写作时间,很多的诗都是在顾客的来去之间抽空写成的。或是一边做饭,一边写。再或是夜里醒来,有时一点,有时三点,那时真安静啊,窗外几粒星光,村庄里没有一点声音,整个世界仿佛只剩下我一个人。不,仿佛我也不存在了,只剩下一支瘦弱的笔,领着一群词语,在白茫茫的纸上孤独地奔走着。

我在一首诗完成之后的亢奋中,快乐着小小的快乐,幸福着小小的幸福。人间低处,我没有锦衣华服来裹住自己的渺小和卑微,只能用诗歌作外衣,抵挡生活的虚空,抵挡冬雪夏雨,抵挡人间四面来风。

如此,就无限美好了。这无限的美好,我指的是诗歌。而诗歌之外,是并不优雅,也不诗意的烟火生活。

和千千万万乡下女子一样,在这个四面环山的小村

庄里,我过着先人们留下的"日出而作,日落而息"的平凡生活。只不过是从2016年经营一个小超市以来,我从粗糙的农活中脱离出来,不再下地锄草施肥、点种收割,而是每天和满屋子的商品、来来往往的顾客打交道,开始另一种单调乏味的生活。

像我这样一个不善言辞、不喜交际、不会动用心机的人,偏要莫名其妙地去经商,直到现在我还对生活的这个转折点充满疑惑。还好,我是在乡下,一个仅有一千多口人的小村庄里。还好,这片土地上民风淳朴,村民们善良厚道。

一个所谓的不懂经商之道的生意人,居然爱上文字,爱上写诗,且一爱便不可回头,这又是一个至今让我费解的问题。

并不是世间每个问题都有答案,对于这种偏离正常逻辑关系的问题,只当是头顶飘过来一朵云,你用想象力给它穿上小裙子,或是戴一顶太阳帽,天空之大,由它去吧。

是的,天空多么广大!而渺小的是我们。

我在由大大小小的商品围成的百十平方米的空间里,日复一日,年复一年,重复着同样的日子,没有横渡人生的野心,只有与诗歌永远相伴的欲望。

这欲望如同盛夏的草木,有庞大的根须,有蓬勃的叶茎,有对脚下这片土地的深爱之心。

说到爱,仿佛六月那些温热的词语都来到了我的笔下。你看:窗外夏天的花朵灼灼地开着。田野上的谷物,在大地之上,天空之下,野野地生长着。远远的山中,布谷鸟高一声低一声地叫着。我爱的人和爱我的人都平安,无恙。

这人间滚烫啊!我,不能不爱。

2022 年 6 月 9 日

目 录

1　落花乱

2　沉默

4　五月

5　此时

6　又黄昏

8　今夜雨会不会来

9　一个人走在大街上

10　大风吹

11　午夜的句子,发着高烧

13　小满

14　禁忌

15　温柔的夜

16　栀子花开

17　六月,我是一棵麦穗

18　罂粟花在夜晚摇曳

19　端午

20　一天

21　六月

22　今夜的风长着单眼皮

23	浮生半日
24	江湖
25	伐木人
26	寄
27	有梦
28	搭档
29	飞升术
30	时间这只小兽
31	杀生
32	一出好戏
33	回信
34	冰之辞
35	和爱无关
36	孤独
37	薄荷
38	后来之事
39	月黄昏
40	心有妄念
41	晚安
42	空船
43	野生
44	悬崖
45	允许
46	个人简介
47	隐形

48	草绳记事
49	蓝
50	分身术
51	谁人把酒立黄昏
52	星期天
53	椅子
54	短歌
55	风
56	一条河流
61	哲学问题
62	怀璧其罪
63	转身之惑
64	向隅而立
65	旧房间
66	明天，明天
67	断章
68	虚无的味道
69	艾草
70	秋的姓氏
71	街道与细谷
74	遇见卡夫卡
75	肉身时光
76	寻梦环游记
77	致 2021 年七夕
78	反其道

79	道
80	不写诗的日子
81	在屋顶散步的猫
82	瓦中月
83	丁香山
84	有时候
85	火车与灰尘
86	星期三的灯塔
87	语言柔软的部分
88	失眠的人
89	心上秋
90	九月的雨水把人间又清洗一遍
91	一叶知秋来
92	旧黄昏
93	如此我问
94	隔壁有人敲门
95	西塘,我是你青梅竹马的恋人
96	古木窗
97	画中人
98	西塘月
99	城南花开
100	被折断的树枝
101	孤独者的秋天
102	一个人的战争
103	月亮的号角

105　水中月
106　开在十月的栀子花
107　抱歉——写在四里店镇"9·24"洪水之后
108　有种深蓝来自你的眼睛
109　我和一片落叶相互问安
110　也说重阳
111　故国
112　霜降日
113　蜡烛
114　眺望
115　晨祷
116　月末
117　泡沫
118　幻觉
119　立冬
120　寄心
121　我该如何敬你
125　梦境
126　美好的事物
127　荒草
128　臆想
129　旧章辞
130　小雪日
131　小雪
132　这里有一扇门

133　钟声
134　走进树林
135　给一个遥远的人
136　暗处
137　过程
138　以后
139　大雪无雪
140　邻居
141　暧昧
142　摇晃
143　那隐去的部分
144　冬至
145　冬至夜
146　剪刀,石头,布
147　致我的2022
148　孤独者的黄昏
149　一只麻雀在枝头散步
150　桃花酒
151　旷野
152　听《赤伶》
153　大寒帖
154　凌晨三点
156　山间有书屋
157　有什么要发生
158　辞旧岁

159　迎新春
160　立春辞
161　遇见蝴蝶
162　起风了
163　在这里
164　早春
165　我所知道的
166　元宵节
167　错,错,错
168　来不及
169　唱歌的木鱼
170　光芒
171　空山
172　惊蛰日
174　在海边
175　在这苍茫的人世上
176　时间
178　人散去
179　钉子
180　清明醉
181　我的爱人
182　空洞
183　暗流
184　传奇
185　今世,欠你薄酒三杯

187　一个人的世界
188　谷雨天
189　素描
190　车站
191　夏天来了
192　一朵杏花落下来
193　五月十五的月亮
194　天空离你那么近

落花乱

风动荡起来,花也开始不安
它们仿佛在密谋一个事件
而我,卡在这个事件的某个环节上
让它们左右为难

"乱花渐欲迷人眼"是前朝人说的
我在纸上把一些名词
从光芒四射写到暗无天日

人间次序再次颠倒
我高悬在枝头
踩着云朵在天空倒立行走

那时杨花纷纷扬扬
我有跌进一种白的危险

2021 年 5 月 9 日

沉　默

天光渐渐打开
鸟声,薄雾
湿漉漉的耳语也次第打开
那个在凌晨三点醒来的人
怀抱一团夜色,还是不肯松手

在此之前
一个人在她梦里放火,制造风
她滚烫,焦渴
她不停地奔跑
天空的蓝掉下来,云朵的白掉下来
一片星光的唇咬着她的耳朵

放火的人面带愧色
"不该把你独自留在风里"
夜半灯火渐熄,她独自熄灭自己

是的,她有灰烬一样空空的冷

她有在人间复活的灼热的疼

她都捂着,没有喊出声,也没觉察到

风何时推开窗进来,又合上窗出去

2021年5月11日

五 月

它们开始写我时,我的身体加重
等同于田野上怀孕的麦子
我正孕育着成千上万个孩子

我的心事由浅绿变成深绿
这让它们为难
笔尖歪向哪端,它们都要用力

无论哪一种力,都会写疼我
它们的书写变得迟钝
在一个阳光金灿灿的午后
甚至停了下来

它们注视我
我知道
我正面临分娩的痛楚
收割的镰刀
让我感到一种绝望的幸福

2021 年 5 月 12 日

此 时

我又一次腾出位置
天地成了一个大容器
在我成为多余部分
溢出来之前,我和万物
做着倾心交谈的朋友
攀着礼尚往来的亲戚
此时,我退到屋檐,窗下,门后
退到自己窄窄的梦里
只有雨在容器里,呼喊,拍打
有一刻,我感到一群雨跳起来
硬生生摔碎在铁皮上
我听到的咔嚓声
其实是风刮过来
一截时间
被拦腰折断

2021 年 5 月 12 日

又黄昏

只一个夜晚
你声音里便长满了秋风
翻山越岭刮到我这里
我不能对你说昏天黑地

这还是五月,蔷薇花开得正好
天空的蓝里藏不住忧伤
野玫瑰的刺还不够坚硬
你声音里滚落的沙石硌着我的胸口

蜜蜂针尖上的毒,我尝过
这复发的旧疼,不能以毒攻毒
我该上山采药,相信人间还有药可医

你的影子站在路口,堵住了黄昏
黑夜,会晚一个时辰进入我的村庄
我的暮年到来得更晚

我频频说到黄昏,说到暮年

一只鸟落下又飞起

仓皇的暮色里,它找不到可依的枝

2021年5月12日

今夜雨会不会来

这样问的时候
夜如期而来了
从天空垂挂下来的黑
堆积在一个村庄
仿佛多重的爱塌下来,都能接住

灯熄了之后,一部分黑从窗外涌进来
我被包裹,越收越紧,越来越小
最后,我是一枚抛在岸边的贝壳

我冷,我坚硬
我无法对你打开最后的秘密
我不能告诉你
我柔软洁白的身体里,藏着一座火山
一片汪洋大海

就这样吧
在更多的黑捶打下来之前
我要关紧门窗

2021年5月13日

一个人走在大街上

平底布鞋踩不出空谷的回声
我还是想到了峭壁
风太小,它平躺,立不起来

成双成对的影子,一闪而过时
灯光就打出暧昧的黄
有酒有故事的人都行色匆匆

我的裙摆漾起
空有一江春水,不向东流
空有鱼群,游不到海里

高楼,酒馆,香樟树
这些眼前的事物我还是抓握不住
我空有飞檐走壁的欲望

2021年5月15日

大风吹

起风了。窗外的风,把黑夜
翻转到黎明
时针指向三点,抵在一处疼痛上
没有叫喊,也没有呻吟声

起风了。来自一张纸上
203页正数第六行
中间拐几个弯
吹过合欢花盛开的街道时
打了一个趔趄

有几次迷途,就有几次折返后
鼻青脸肿的清醒

我醒着。在大风的背面
弯月的刀,抵着我的前额
我始终,没有动一丝想你的念头

2021年5月18日

午夜的句子,发着高烧

一

你要原谅
这个日子,我写不出诗了
排列好的词语,风一吹就乱

我整理好的句子,带着五月的体温
灼热,滚烫,发着高烧
而纸上有风,我又心动过缓

二

我越来越像田野上的稻草人了
穿上一个女孩子的红裙子
围上她的白丝巾
在她的故事里重新复活

我不去风里散步,不去房顶跳舞
几根肋骨支撑着
我只用一种姿势
爱一块土地,爱一个人

三

我们去田野上看看麦子吧
我和它们有相似的,微微的黄

你俯下身子,就能听到我胸腔里
隐匿着同样的雷声,火焰
奔跑的雨水

再低些,你就能听到
我血管里
一片大海的潮起潮落声

2021 年 5 月 20 日

小　满

寄在风里的信
没有邮戳,没有地址,没有收信人
信中没有提到谷物
没有提到怀抱石头和火种的人

五月还有多少未尽之事啊
杨花未尽
虚拟一场雪
风一吹就散

一首诗写到一半
一朵石榴花
坐在第七行中间一个词语上
咬着嘴唇,满脸通红

爱我的人
手持灯盏等在门外
夜未央,月不满
恍若他还是少年

2021 年 5 月 22 日

禁　忌

我们谈了一夜
与灯光的白,墙壁的白,护士身上的白
我们谈到月光,杨花,云朵,一场雪
我们没有发出一点声音

发出声音的是他们
重症监护室的人
蹲在楼梯口抽烟的人
他们咳嗽,呻吟,号啕大哭

黎明时,窗外的鸟声把这些声音压下去
直到我昏昏睡去之前
这个离死亡最近的地方
没有听到一个人说到死亡

2021 年 5 月 26 日

温柔的夜

一段夜经过我时
我正经过一条长长的街道

合欢树的叶片闭合,收不住香
那香,跑出来
一路跟着我

跟着我的,还有暗淡的街灯
梧桐树阴影里一只流浪猫

"起风了,你在风中的样子……"
爱我的人,在我耳边低声说话

那时,我穿白底蓝花小衫
正从一棵石榴树下走过

一朵石榴花故意落下来
火红的嘴唇,碰了碰我的额头

2021年6月5日

栀子花开

它忘了是在夜里
夜色浓稠
勾兑几粒布谷鸟的叫声
又搅动一窗灯火,还是浓稠得化不开

它掏出白,掏出香,掏出身体里的云朵
掏出一整片天空
它不停地掏出
六月的夜那么短,它打算把自己掏空

那个在栀子花下低头读诗的少年
声音里有一条奔腾的河流
化开了夜色
他忘了来处

他只知道
一首诗读到最后一句
没有路了
他停在了她的暮年

2021年6月6日

六月,我是一棵麦穗

六月的气温,接近我的体温
一只小麻雀
在明亮的阳光里踩出细碎的声响
它不停地跳跃
小小的心和我一样热烈,滚烫

我在纸上画一条河流
熄灭身体里的火
分担为你写诗时的词不达意

我指给你看,荒原上大片草籽泛黄
它们在风里摇晃的姿态迷人
这虚拟的饱满,让我深信人间有爱可期

其实,我是想
把自己比喻成一棵麦穗
低垂在黄昏的田野上
有刺疼你的芒
有被含在口里粉身碎骨的欲望

2021年6月6日

罂粟花在夜晚摇曳

知道你已经睡了
我故意醒着
没有开灯,夜是一整块黑布

我没有露出破绽
不担心那些危险的事物
——悬崖,绝壁,草丛里游动的蛇

我在暗处
是黑夜的一小部分

亲爱的,你睡吧
今夜我不去你的梦里
我按着胸口处十万只蝴蝶的翅膀

我蒙着黑色面纱
那些在午夜走动的人,分辨不出
我是侠客,还是深夜私藏月光的人

2021 年 6 月 8 日

端　午

容易怀旧，先是想起了一条江水
想起了那个投江的人

也想起了一杯雄黄酒
想起了现出蛇身的白娘子

这些古时的人，挡在雨后初晴的清晨
不肯让路
幸好打马还乡的人，还隔在昨夜的梦里

具体到我的村庄
艾草插在屋檐下
佩戴香草布袋的牛羊缓步走出村庄

那个怀揣香囊的女子
鬓角戴花
在村口不时地张望

2021年6月14日

一 天

我们换个话题吧
这个日子不谈论爱情,不写火辣辣的句子
那些滚烫的词语,先挂在屋檐下
乘着小南风荡会儿秋千

来,我们闭上眼睛许个愿
这长长的一天
足够我们把一辈子想做的事做完
比如我们把自己想象成两棵高粱

在风里相遇,在田野上养育一百个孩子
允许每个孩子都长着一双金黄的翅膀
它们向南飞,向东飞
黄昏时都回到家里

接下来,萤火虫会提着灯盏
在我们身边走来走去
千万只蛐蛐儿在月光下热烈交谈

只有我们不说话
我拍拍你的背,你摸摸我的脸

2021 年 6 月 21 日

六　月

好吧。这么冗长的日子
允许我把一个梦做到云端
再从云端做着下来

梅花在一块桌布上开着
两个布娃娃亲着嘴
我着迷于这假象的美

鸟雀闪烁的小舌头把黎明舔破
我也爱太阳底下
那些火辣辣的,欲望饱满的眼神

我们继续制造风调雨顺的好年景
假设一株禾苗的远大理想
一夜之间壮大的蛙声
抬着张湾村,往天边送

我没有要开的花,没有要结的果
就这么一心一意,浓绿着

2021年6月22日

今夜的风长着单眼皮

夜晚,被太多人拿捏
八九点钟时,已被捏得扁圆
这似乎不符合一个人的体型

她避开灯光,避开闪烁的眼睛
从一些暗影里穿过
仿佛一枚黑发卡
穿过比发卡还黑的头发

她沿着澎河一直走
试图把夜拉长
让夜晚有颀长的腰身

朝她迎面吹来的风
长着好看的单眼皮

2021年6月22日

浮生半日

六月的阳光,扶上门框
我侧身站着
一半在明亮的光影里,一半在暗处
没有告别的人,我和自己分离

我去田野上
拽着风的衣襟奔跑
披一身阳光
我就是那个让你想起春天的人

阳光已翻过院墙往邻家去了
如果此时你恰好路过
那个背对阳光,低头看荷的女子
侧影也很美

2021年6月22日

只有风吹过树梢

江　湖

黄昏,夕阳,都在
一条河流把四合的暮色撑开
仿佛一段恩怨,斜斜插过来

一缕炊烟牵着另一缕炊烟
一座山峰连着另一座山峰
一段旧情撕扯着另一段旧情

风翻动满天云朵
一笔旧账
字迹模糊,有几处地址不详
谁还能算清

一只麻雀还在低低盘旋
向暗淡下来的天光
讨要栖息的枝

我已在天黑下来之前
洗净了双手
脱下了又一个白天

2021年6月23日

伐木人

我知道的
你手中一定有刀
可这有什么用呢
我在意的,是你身后长出的茂密的森林
森林里雀跃的野兔,梅花鹿
枝头唱歌的野山雀,杜鹃鸟

我知道的
你的刀像月亮一样又弯又亮
夜夜在窗外指着我
可这有什么用呢
我腰间缠着大海
手腕上绕着一条河流

我在意的是,我还是瘦
身姿不够健壮,枝叶不够繁茂
愧对你手中的刀

2021 年 6 月 23 日

寄

那些生动的句子
我已经在春天用完
用在你来来去去的路上
只剩下这比黄花瘦的中年了

我寄给你,这样一个暮秋黄昏
还有黄昏里三杯两盏淡酒
这枚落日我已先喝为敬
剩下这长夜里的星辰,你且随意饮

如果这些还不够
最后的暮年也寄给你
没有比喻句,没有形容词
只剩下空洞的名词
从你漏风的唇齿间经过
仿佛山谷中的回声

2021 年 6 月 23 日

有　梦

花要一直开下去
秋天不落,冬天不败
你什么时候来,都是看花的人

那片树林,要一直绿下去
林中的野草,也要年年繁茂葱绿
那些成群的牛羊
会在每个午后抵达这里
黄昏了也舍不得离去

至于那块开阔的空地
种什么都不合适
一直空着吧
多年后,两个相爱的人并肩躺在这里
清晨听鸟叫,夜晚数星辰

2021年6月23日

搭　档

不过是,一只蝶落在一朵花上
加重了爱的分量
它们有相似的疼痛和战栗

不过是,两股扭在一起的风
一阵来自村东,一阵来自村西
一起用力推走一个村庄上空的雨

不过是,一条路上
一个人走到星光暗淡,路断人稀
不经意间多了一个牵手的人

2021 年 6 月 23 日

飞升术

一整个夜晚
她都想把自己挂上树梢

再高些,是山顶
她也想是那小小的一点灯火

接近星光,离天空更近
她愿意是一朵提着裙子跳舞的云

凌晨三点,落雨了
她觉得自己是一滴雨,从天空落下来

她变小变轻的愿望,越来越小,越来越轻
她抱着一片海洋

她想,此时总会有一个人醒着
身子探出窗外,伸出宽大的手掌接住她

2021 年 6 月 25 日

时间这只小兽

它穿花豹纹衣服
温柔起来像只猫
舔我的脚指头,蹭到我怀里撒娇
在我的蓝色床单上留下梅花蹄印

有时,它露出尖利的牙齿
凶猛如一只老虎
咬着我的一个个日子
拖进深不见底的黑暗

就如此刻
我坐在一间灰突突的房间
桌上一杯微苦的菊花茶
我的影子斜在地上
我感觉到我的棉布裙子被一张嘴叼着
往一个方向拽

莫名地惊悸
总有一天
时间这只小兽,会张开大嘴吞了我
只吐出几块白骨

2021 年 6 月 25 日

杀 生

相关于夜,与黑有关
可以不动用武器
我只是在黄昏熄灭之后
点亮一支蜡烛

在这之前,那只飞蛾
一定寻了很久
她穿过无数黄昏
穿过田野,飞过一扇扇窗

她以为这是她寻找了半生的爱
她朝着这一簇火光扑过来
人间颤抖一下
黑夜一个趔趄

烛光熄灭
我陷入更深的夜,更黑的黑
仿佛坠落的是我
粉身碎骨的是我
灰飞烟灭的,也是我

2021 年 6 月 25 日

一出好戏

结局处,可以没有太多掌声
但一定要有一个站在角落里的人
低下头擦眼泪

灯光也可以暗下去
陪着我走过黄昏的那个人
会走在我前面,一直为我提着灯盏

书生和姑娘在灯下
一个作诗,一个绣鸳鸯
仿佛是我们,又仿佛不是

一支小曲唱到最后,梅花开了
雪落下来
白头的两个人才是
一个我,一个你

2021 年 6 月 26 日

回 信

这是第一百次,我向你提起的黄昏
落日下的青草,覆盖了一条路径

它们有征服人间的盛年的欲望
这多么像你
有收服我暮年的决心

不像我,这样的黄昏一来临
我就生出臣服的心,向人间低头
臣服于远山,臣服于流水

就如此时,我向一朵野花俯身
想把我攥着的暮年松开
交到你手里

2021 年 6 月 26 日

冰之辞

你所看到的都是假象
其实,我胸口灼热
这里熄灭一场大火
一场焚烧整个原野的大火

歉收的人间,我抵挡盛年赎罪
我眼里有一片完整的天空
盛着大海的蓝

不要怀疑我怀里有刀子
我私藏了一个春天的花朵

你一提到春天
我就忍不住打碎自己
回到一条河流,一小撮潮汐
回到一滴打在瓦楞上的雨

2021 年 6 月 26 日

和爱无关

每个夜晚,我穿着红舞鞋
在星光下跳舞
雪纺衫袖口宽大,装着南风

有人在远方挪动一片草原
或是搬动一片大海
马匹和鱼群要重新指认故乡

而你,只认我一个亲人
我打算掀开月光
挖出前世埋下的那句誓言

星光隐去,人群隐去
张湾村收起灯火
而我,还收不住舞步

2021 年 6 月 26 日

孤　独

那枚落日,在山顶站一会儿
下去了

一只鸟绕着一棵柳树转一圈儿
飞走了

一阵风刮过来,掀了掀她的裙角
又去吹枝丫上挂着的一根布条

暮色一步一步围拢过来

这世界上仿佛只剩下她一个人
抵挡着拥上来的千军万马

2021 年 6 月 26 日

薄 荷

传说并不美丽
动人之处
是那女子变成一株植物

绿衫薄,风也薄
刀片更薄
大片大片的寂寞,吹也吹不散

成吨成吨的香
割也割不完

2021年6月27日

后来之事

江水安静下来,绕过陡峭的事物
风不再有野性,扁平地吹过黄昏

暮色踩着墙角的丝瓜秧往上爬
一朵小黄花关闭了自己
封住一个灰寂的时辰

我是不敢打开自己的
我手心里攥着一座悬崖
崖壁上开着有毒的花

我不再写小蛇一样的句子
在幽暗处闪烁"蛇信子"
防不胜防时,出来咬你一口

我安静地看一条江水,头也不回地
流进黄昏

2021年6月29日

月黄昏

整个春天,我用沉默驯服了
身体里的一只小兽
它没有了征服人间的欲望

而野地里的草,继续泛滥着
绿得有些凶猛
八道洼拦不住,十道沟也拦不住

放羊的老梦哥,收起手中的鞭子
站在山岗上,自顾自唱小曲
撒欢奔跑的羊群
把五月又拽长三百里

大地上的事物,都有热腾腾的愿望
我站在小桥上
孤零零的,没有参照物

布谷鸟在深山独自吹着口琴
我又一次把黄昏横过来
放在唇边

2021年6月29日

心有妄念

从山上下来
上山时,装在口袋里的
该如数归还了
——云朵,庙宇,钟声

口袋翻过来
几声鸟鸣
掉在黄昏的瓦罐里
摇一下,依然清脆作响

就剩下一条路了
弯刀一样
指着围过来的暮色

2021年6月30日

晚　安

月光在窗外哗哗地响
猫咪睡着了
一阵风歪在墙头
月光还在洗着尘世的衣裳

你是其中的一件
我是另一件
这么多年的揉搓
我们还是白不起来

我柔软了很多
你穿上我
日子有了棉麻的质感
我穿上你的时候,有了桃花的粉

有那么一会儿,我们分不出彼此
我们交换了灵魂,互道了晚安
继续接受月光的洗礼

2021年7月1日

空 船

她低头拨弄流水
并不介意流水穿过她
试探身体里潜藏的暗礁
枯萎的花朵
不再闪烁的星辰

这么多年
她装过的谷物,粮草,布匹,儿女
都去了远方
而她熄灭了奔向大海的欲望

风吹着她,雨淋着她
越来越旧的阳光
在她身上嗯出一个个虫洞
风住进去,读一部无字的经书

她从空空的身体里
抛出最后一根缆绳
死死系在柳庄的柳树上

2021年7月2日

野　生

它们都是住在风里
喝着雨水长大的孩子
——荒原上
没有形状的树
拽着枝条攀缘的藤
开在崖壁上的花

野树,野藤,野花
它们有共同的姓氏
没有父母叫它们
有时,风叫一下
有时,偶尔路过的人叫一下
更多的时候,它们自己叫着自己的名字

它们把自己从睡梦里叫醒
继续等待,亲人从远方赶来认领
黄昏时分,芦苇丛里的野鹤
叫声惊心

2021 年 7 月 2 日

悬　崖

也就是一匹狂奔的马被勒住缰绳
也就是风一声咳嗽
开到暮春的花从枝头跌下

也就是天空空了,雨落下来
夜晚空了,飞檐走壁的人去向不明

也就是春天去了,秋天来了
青与黄不能相接
我在这中间,左右为难

我的叙述中断,落日滚下山顶
一条路竖起来,悬挂在天空之下

我踩着一个光滑的名字
一百次爬上去,又一百次滑下来

2021年7月3日

允 许

允许我提着落日站在山顶
像提着一壶女儿红
等你扶着云朵的梯子走下来
我们再次干杯

田野上成群结队的词语无家可归
允许我带着它们回家
组成一支军队
解救困在爱里的那个诗人

允许我的手指,穿过无数个春天之后
插进你的暮年,掀动一场雪
允许雪一直一直下
从我们的今生,埋到来世

2021年7月4日

个人简介

从黄昏动身,黎明时抵达人世的人
会抱住一枚落日,无端地落泪

会在凌晨三点醒来
在暗淡的星光下来回走动
——我寻找来处
最初那条清澈的河流

人间的袍袖宽大,装五谷杂粮
装深渊,陷阱
而我总是衣衫紧小
袖口处仅能别一枝青莲

很多时候,我坐在莲花蕊里写诗
我用草书写长短句子
横撇竖捺像植物蓬松的根须
伸进大地深处

只有署自己名字的时候,我用正楷
一笔一画,工工整整

2021 年 7 月 5 日

隐　形

去山中独坐
在一大群石头中间
风止时,我和它们一起沉默

坐久了,我能听到
它们身体里的雨声
沉闷的雷声
花朵的炸裂声

细听时,这些声音原路返回
倒回我的身体
这让我怀疑
我们都是想逃离尘世的孩子

起风了,它们带着我飞
远远地,你会看到山中一大群石头
在苍茫的暮色里静默不动

其实,我知道
我隐身于这群石头中间
我们正飞过尘世,飞过苍穹

2021 年 7 月 6 日

草绳记事

院子里的一根草绳,空荡荡地空着
什么也系不住

白衬衫,红裙子,花床单
被那个长发中分的女子收进屋里

麻雀飞走了,蝴蝶飞走了
风打个转儿,也翻墙走了

那年冬天,它死死系住外公的喉咙
而外公,也走了

2021年7月7日

蓝

我给你的,只是一小滴雨
它带着我
在尘世间不停地奔跑,壮大

抵达你时,已是汪洋
水天只隔一线
这浩荡的蓝里,我们如何相认

今夜,我重新戴上环佩
人群涌动,我叮当作响
你一眼认出我时
星光灿烂,风起浪涌

我们卷进深不见底的蓝
乘着夜色,逃离人间

2021 年 7 月 9 日

分身术

那个在黄昏打水的女子
竹篮里装着整个黄昏的鸟声
她想提起一条河流,把鱼群赶到天上
扯下云朵,堵住人间的漏洞

有时候,她在凌晨搬运星辰
一些扔进河水
一些嵌进迷途人的梦里
还有一些别在窗上
诱惑那些在暗夜里窥视的眼睛

其实,这种时候
是她与自己为敌
把自己打败
她从自己的身体里出走

2021 年 7 月 9 日

谁人把酒立黄昏

一到这样的黄昏
万物都眉目低垂,心事重重
睡莲合拢了花瓣,鸟收住翅膀

离开的人看不见了
流水在转弯处止住脚步
群山收回远眺的目光

那个在黄昏里独自跳舞的人
把影子倒给一窗灯火
在一杯酒里,虚构一片海

如果她纵身跳下去
这个黄昏会不会浑身一轻

2021 年 7 月 11 日

星期天

并没有什么不同
清晨依旧是鸟的喙啄破的
天空露出的蓝
是风一遍一遍擦拭干净的

发丝松散的女子
在晾衣绳上晾晒蓝底白花床单
仿佛把揉皱的一角天空
重新展开,铺平
云朵重新浮动

此时,万物依然有序生长
一架蔷薇企图爬满墙壁的欲望
一夜之间又长高一寸

日子不紧不慢,步履从容
走进这个村庄时
没有了姓氏,没有了名字

2021年7月12日

椅　子

坐在椅子上的人起身后
一把椅子,无事可做了
闲置在院子里
它回到一块木头本身

在成为椅子之前
它是一棵树
落过喜鹊,落过雨雪
也落过深情的目光

哦,那时它有摇曳之心
它有落日和山川

此时,蜘蛛在屋角结着自己的网
一把椅子,支着一小块月光

2021 年 7 月 12 日

短　歌

这是一天中最好的时辰——
黄昏来临之后
村庄里的灯光亮起来之前

远行的人回到家里
牛羊入圈，鸡鸭归笼
鸟雀都有枝可栖
墙角的每只蛐蛐儿，都抱一把旧琴

我从一支曲子的低音区起身
折回一首诗的高潮部分
挨着一个滚烫的词语

这样，仿佛我们鼻尖对着鼻尖
嘴唇对着嘴唇

2021年7月14日

风

在张湾村,风都是有名字的
最无聊的就是大棍叔家的风了
每天清晨翻过一道院墙
又翻过一道山梁
吹后洼地里一堆黄土

再怎么吹,再怎么喊
大棍叔躲在土里藏猫猫
就是不出来

大棍叔家的风,原路返回时
已是黄昏了
它坐在院子里的空枝丫上
摇一根碎布条
月亮升起来了,星星落下去了
碎布条还挂在枝丫上
它自己掉下去了

2021 年 7 月 14 日

一条河流

一

把一条河流引到纸上
千万吨的重量,也不过是
一个和一滴雨等同的词语

不是动词,不是形容词
没有名字,没有年龄
甚至,没有性别

有时候,我用写母亲的词语
写它的姿势
有时候,也用写父亲的词语
写它的脾气

更多的时候
我纤细的手臂环住它的腰部
仿佛它是我
生生世世依恋的爱人

二

是的。那只白鸟如我
或者,反过来
她羽毛的白,我衣衫的白
有着一样的软

我们怀抱相似的孤独
我在河水轻拍堤岸的耳语里迷失
沉溺在一座村庄的倒影里
沉默碰触着沉默
目光抚慰着目光

我和一条河流,相互打探故乡的源头
她来自哪里
我去往何处
为何那只白鸟久久盘旋
一次次亲吻河面

而我,赤脚提着鞋子
从日出走到日暮
认下沿途的芦苇,谷物
认下来来往往的兄弟姐妹
认下宽厚、温婉的母亲

三

它发怒的样子,像极了那时的父亲
奔波一天,借不到我上学的学费
父亲抽了一夜的烟
喝了一夜的闷酒

那夜,一定有一场我看不到的雨
在父亲身体里下了一夜
一定有堤坝决口
一定有房屋坍塌
一定有田地冲毁

黎明时,父亲像一条河流
咆哮,低吼,横冲直撞
母亲,我,弟弟,两岁的妹妹
我们一家人,谁也拦不住

四

多年之后,和一条河流对坐
黄昏没过我的腰际,夕阳落在水里
一半黄昏,一半夕阳
我们平分着暮色,平分着天下盛世

白鹭鸟的翅膀一张一合
托举着一朵小小的喜悦
从头顶飞过
芦苇深处,野鸭的叫声动人

我的爱人,在远处的田野上
和谷物一样丰硕,健壮
他远远朝我招手
我和一条河流都起身,跟了过去

五

一条没有名字的河流
被时光截取
落在河水里万物的倒影,比尘世更清澈
离开村庄的人
行囊里都装着一段关于流水的故事

一辈子在河边走来走去的人
最终,都会成为故事里的那个人
他们说到一条河流
说到河流里的鱼群
说到鱼群在蓝天白云间游动

但没有人说出一条河流的来处
说出它的归途

六

顺着一轮红日转动的方向
我追寻一条河流的来处,归途
来自哪里,去往何处
一条河流,穿过我就好

我左胸口处,有母亲的柔软,韧性
也有父亲的宽厚,澎湃
河底的水草软卧在我的裙底
和我一样,没有招摇过市的欲望

我低头走路
周身披挂着一条河流
路过人间
没有发出一点声响

2021年7月27日

哲学问题

在一个村庄里
明月别在枝头不是
落日站在山顶不是
一只蝴蝶俯身在芨芨草上不是

这些呢
——雨从高空往地面上跳
熟透的苹果往地面上落
出走半生的人,最终回到老宅,埋进土里

一条河流贴着地面,匍匐前行
你听它胸腔里有沙石与沙石的碰撞声
有锄头与土地的摩擦声
有镰刀与谷物的搏击声

这人间的低处,没有人追问
为什么流水的一生
只朝着一个方向
昼夜不停

2021 年 7 月 28 日

怀璧其罪

也许太过用力
七月很快用完了
水深时,我还想从天空
再放出一条河流

村庄里上升的水位
把七月再往高处抬一抬
这样我就能驾一叶小舟
乘风破浪,横渡你的一生

允许我站在七月之巅举起火把
引来十万只扑火的蝶
亲爱的,不要怀疑

我的匕首,从不掏出
我有玫瑰,只在心里盛开

2021年7月29日

转身之惑

再走,就是下山的路了
绳子一样,扔进暮色
那头,可有一个徒步行走的人
伸手接住

神色慌张的小松鼠
从一棵树下来,爬上另一棵树
化缘归来的僧人不紧不慢
低头从身边走过

我们这些悬在绳子上的贝壳风铃
摇着各自的心事
空寂的山中
仿佛也有了大海的波涛起伏之声

2021 年 7 月 30 日

向隅而立

只有这样的时候
你才肯打开笼子
放出身体里圈养的小兽
良夜在左
右侧的花枝由它践踏一回

你才肯低下头
让忍了许久的泪水流下来
承认那个杳无音信的人
确实已与你没有任何关系

你敞开的疤痕
比月光白，比星光亮
午夜十二点
你这个在黑暗里长久没有发出声响的空谷
有了悠远的回声

2021年8月2日

旧房间

月光推开门
代替一个人,在房间里走动
它坐下来的姿势,和那个人很像
银色的鞋跟,在地板上磕出的响声
和一根手指敲击桌面的声音也像

让人相信,那些走失多年的声音
顺着一条隐秘的通道回来了
携带着海的咸腥,雨的黏湿
和来历不明的暗香

桌子上的空杯,盛着一座山谷的回声
被一张红润的嘴唇含着
一直,没有四散

2021 年 8 月 3 日

明天,明天

一片树叶会落下来
风会转弯
一条河流有可能消失
出走半生的人
会披着清晨的露水归来

这些有可能发生的事
悬在夜的那头
熟透的果实一样,摇摇欲坠
不知道哪颗腐烂
哪颗碰着我的额头

2021年8月4日

断　章

一场雨，从梦外下到梦里
光线明亮，照着梦里空无一物的空
没有伞，没有雨衣，没有避雨的小房子

雨帘密密地垂挂，紫薇花开得没有缝隙
我惊奇于斜插进梦里的那个人
脸部有多种隐喻
像我的亲人，又像陌生人

唯一确定的是他眼中的焦虑
仿佛丢失的所有黄昏都堆积在他眼里
雨一直下，他一直走

我不停地做梦
白天，夜晚
这么多年，没有一场雨能接上
我梦里的那场雨
没有一个梦，能让我打着伞进去
递给那个人毛巾，雨衣
并告诉他：你找的那个人
也在另一场雨里，找你

2021年8月4日

虚无的味道

那时风从远方吹过来,旋起小小的旋涡
在旋涡里打转儿的,是一只小粉蝶

它不停地扇动翅膀,把这旋涡扩大
栀子花的香旋进来

一个女人落日一样金黄的欲望
也旋转着进来

夏天的花朵都相约着老去
她还打算在左胸口处种下九十九个春天

她想每个夜晚都穿上好看的花裙子出去散步
每一步都踩起一片星光

那时云朵落了一地
月亮指环一样,戴在她的手指上

2021 年 8 月 7 日

艾 草

辽阔的人世,于万千种草木里
我认出你,如同认出前世的自己

我们着相同的朴素衣衫
衣衫下的山水,倒映着天空的蓝
山水里连绵起伏的爱
连着同一个村庄,同一片土地

人间低处,也有开出花朵的欲望
纤弱的身体里,也有奔腾的潮汐

每个五月,我靠近你,靠近自己
以火,以水,以毁灭,以永生
山水握住山水,蓝抱住蓝

辽阔的人世
我们一次次死去,又一次次复活
都以爱的名义

2021年8月7日

秋的姓氏

蝉声渐弱,星光暗下来
一场戏落幕
散场的人揣着各自的悲喜离去
也有人站在树影里
听蛐蛐儿唱离歌,听风吹落果实

接下来的夜,又长又凉了
下一个剧情,唱生旦净末丑的人
在台下扑粉,涂油彩
谁唱《霸王别姬》
谁就是楚霸王

2021年8月8日

街道与细谷

一

我记得一座城
我见过那样的夜晚
灯光全部打开
像一个人,敞开三生三世的爱

天空仿佛倒下来
一条街道落满星辰
人间是一座金碧辉煌的宫殿

——厦门,中山街,八月夜
哦,请原谅吧
原谅那个穿粗布衣衫的灰姑娘

在那一刻,也把自己当作公主
披着锦衣华服
穿着水晶鞋和王子跳舞

二

我不是那个出走半生,荣归故里的人
我只是过客,背着我的山水行走

我只是路过一座城
路过一个人风华正茂的中年

我在风居住的街道,停下脚步
站在风里做了一场梦

睁开眼时,我的中年没有发福,依然消瘦
黑裤,白衫

三

人潮向前涌动
河流穿过我
澎湃穿过我
背对灯光
我小小的影子
被宽大的人间挤得又细又长

还了华服,脱下灯光
我退回山野
空成一条空荡荡的峡谷

你可以一眼穿过我

让我臣服,你仍然需要

生出一双征服天空的翅膀

四

有谁,还在灯光打不到的地方唱歌

歌声婉转悠扬

一曲下来,自己给自己鼓掌

风声止,蝉声息

夜晚回到最初的宁静

如蜷缩在母体,双拳抵在下颌

抵住尘世的繁杂

假装看遍了浮云

人间不曾有过争斗,伤害,罪恶

自己还是婴儿

不曾喝下人间的第一碗药

吸吮着自己的食指,重新生长一回

2021年8月8日

遇见卡夫卡

"您别走"
"我不会走的"
"可是我要走了"

接下来,我想描述那个穿衬衣的女人
那个布拉格的犹太女人
那个拼命往你墓坑里跳的女人

她衬衣里有毒
毒药藏在胸口第二粒纽扣处
变形的事物朝你扑过来
而你返身,恰好咬住爱情的咽喉

我想在一只甲虫的硬壳上
把笔尖再磨尖利一些
把你的坟墓掘大,挖深

你留在尘世上的孤独
连同那个女人
我都想摁进去

2021年8月11日

肉身时光

夜幕挂出来的时候
葡萄挂在架下
那么多甜润的小嘴唇
热烈地吻在一起,还是凉

星星往一块儿挤,好像它们也冷
抱在一起的花朵也是

它们的心,空着

我用手摸着自己的心口
一种暖挨着另一种暖
我在人间
因爱,或者恨,或者悲伤
热乎乎地存在着

2021 年 8 月 13 日

寻梦环游记

它们都在空中,在马克·夏加尔的画里飞
村庄,房屋,树木,牛羊
风是它们的翅膀

飞过城市上空的一辆马车
从我身边飞过
我在意的,不是能让一辆车腾空而起的马
也不是握着缰绳的马车夫

我带着一座花园的紫丁香花
我迷恋花丛中相拥的恋人

其实,我想起的是一个夏日午后
一座高高的山岗上
从画里,吹到画外
又把我吹到画里的那阵风

2021 年 8 月 15 日

致 2021 年七夕

我向你靠近
躲过玫瑰,喜鹊,交错的酒杯

从葡萄架下走过,我的脚步很轻
我不去碰触那一串一串
低垂的甜言蜜语

我压住心头的一团火
防止它的小舌头伸出来
以灼热攻七月的毒

天上弯月如刀,薄薄的
割着不怕疼的人

今夜,我翻山越岭,走了万里路啊
可还在,抵达你的远方

2021 年 8 月 16 日

反其道

夜色埋过屋檐
她站在屋顶
没有星光
除了黑,还是无边的黑

她击鼓,鸣锣开道
指挥着一支队伍,往更高更黑里冲
她想攻下一座城堡,或者一座山寨

哪怕夺下一片森林也好
她可以把自己当白雪公主
运气好的话,遇见七个小矮人

向来俯身人间低处
卑微如草木
她只是想借助于夜黑风高
举旗"造反"一回

2021年8月17日

道

不知不觉间,山势陡峭起来
背着晨光上山的人
和拖着落日下山的人
走在同一条道上,揣着各自的风景
都有相似的中年的倦意

而胸中的江水日趋平稳
尘世的风吹进来,推着细浪
从此岸到彼岸,再从彼岸推回来
那么多心间事
一波抚平,一波又起

总有一道江水滑出身体
在八月的人间灼热滚烫
再次把落日拖下山的人
已无沸腾之心

2021 年 8 月 20 日

不写诗的日子

雨不停地下,一江水在胸口回旋
找不到奔腾而下的出口

成群的野马在旷野上奔跑
寻找丰美的草原

已是秋天了,我够不到枝头的果实
那么多甜蜜的情话,找不到温柔的唇

我跟着落叶在风里打转
不写诗的日子,四面八方都是墙

打不开门,推不开窗
我是那个丢了故乡,失了魂魄的人

2021 年 8 月 23 日

在屋顶散步的猫

一只猫,在屋顶走来走去
在高出人间半头的高处
它的孤单,不比一片星空少

它并没有把悲伤
踩出咯吱咯吱的声响
它不在意
天上的月亮从圆到缺的过程

也不在意一阵风是怎样
从屋檐滑下去
蛐蛐儿声怎样从墙角
一点一点垒上来,垒到半空中

一只猫,只是在屋顶走来走去
它并不知道散步这个词语
但它正置身于这样的场景之中

仿佛我们,深夜伏案书写
却不知道书写的意义

2021 年 8 月 26 日

瓦中月

我想到冬天
风把绿色的草木吹黄,吹旧
浅淡的阳光打在老墙上
古寺钟声沉闷,一声一声敲在树桩上
稀松的人世,你还能认出我

是不是那个枯瘦的黄昏
我不小心穿了大摆的绿色长裙
是不是我写诗的笔尖一歪
挂着你的衣襟

一定有这样一个夜晚
瓦檐上长满毛茸茸的月光
人间恍惚
我生出一颗玲珑心

2021 年 8 月 27 日

丁香山

在丁香山,我迷路了
找不到下山的路
忘记了上山的入口

起初,我是跟着风走的
风拐个弯不见了
花香接着领我
四面八方都是,漫山遍野都是

多像春天时你无数个分身
把尘世的每个路口站满
我的每一次转身,都是你

我就这样迷路了
嘘,不要来找我
我是故意的

2021年8月28日

有时候

时光会在某一时刻,停顿下来

坐在窗下绣花的女子
会忽然停住手中的针线

黄昏时吃草的羊群
会一起转头,望着同一个方向

写诗的那个人,也会笔尖悬空
在两个词语中间进退两难

这停顿的时刻
也许只是,一个旧人的影子
在心头一闪

也许只是,起了一阵南风
风中有一片草原浓烈的气息

也许只是,辽阔的人世忽然狭窄
一面陡峭,一面光滑

书写的人,无从下笔

2021 年 8 月 29 日

火车与灰尘

那些绿皮的,黑皮的火车
离我的村庄都很遥远
它们从远方启程,抵达远方

有时隔着很多座山,很多条河
我听到火车的汽笛声
穿过很深的夜,轰隆轰隆向我驶来

我得准备行李箱,背包
喝水的杯子,换洗的衣服
我得眼含热泪,告别我的亲人

那时,我穿一身黑衣
坐在黑里
成为夜的一部分

那时,夜是一间巨大的空房子
我是空房子里
一粒漂浮不定的灰尘

2021年9月1日

星期三的灯塔

我已经看不见我的脚尖了
扑到脚面的一只蝴蝶,也飞走了
再黑下去
我会看不到我的手指
手指上的一朵小花
花朵里裹着的一小撮芳香
芳香里打开的一个小小的国度

一个国度消失的时候
露水下来了
我想在一个夜里生根发芽的愿望
也熄灭了
而我身边的一棵柿子树上
挂满红柿子,灯塔一样
风从四面八方吹,也没有熄灭

2021 年 9 月 1 日

语言柔软的部分

是什么让我背对一轮明月
手腕悬空
久久不忍心落笔

书写者的笔尖挑开的
都是最柔软的部分

你看,绿萝垂下长长的藤蔓
接着地上的月光
衔接处,是一枚果实落下后
夜的空枝上,留下的一小阵晃动

你看,那个会翘兰花指的女子
长袖拂地
轻启香唇:冤家,你附耳过来

2021 年 9 月 4 日

失眠的人

午夜前未眠的人
和午夜后醒来的人,患同一种病
他们都是夜翻身时
不小心被一脚踢中肋骨的人

他们捂住咳嗽,捂住爱
捂住相似的疼
弯月为刀,借几粒星光劈柴,生火
同一张处方,开两剂药
各自煎熬,各自饮

2021年9月5日

心上秋

如果应景的话,就落一场雨
不倾盆,不滂沱
风还薄,撑不起太大的气场
轻轻洒洒
刚好濡湿一桩心事就好

这样的天气,适合说离愁别绪
送别的人,都撑着伞
伞角低过眉头
挥手时看不清眼角是雨,还是泪

我们已有落叶的倦容
提不起旧事
我提一座秋山
放在你的肩头

仿佛这样
你就无法起身
仿佛这样
我们就能再次生根发芽,开出花

2021 年 9 月 5 日

九月的雨水把人间又清洗一遍

雨反反复复地下
我的衣衫开始泛白
能清洗的已经洗干净了
村庄里的路
屋顶的瓦
台阶上的青苔

如果可能
我把人间翻过来
背面也清洗一遍
雨水从四面八方围过来
我还是那个穿着月白色衫子
迎风起舞的人

2021 年 9 月 5 日

一叶知秋来

村口的白杨树开始落叶
一片叶子落下后
它身体里的一片海洋停止潮汐

我踩上去的时候
没有踩着一只松鼠的尾巴
我的红色高跟鞋没有陷进去

这薄,是一床秋色黄的蚕丝被
不长不短
刚好够盖着我今夜的梦

2021 年 9 月 5 日

旧黄昏

雨停了,我还没有停下来
八百里黄昏对折,我才走了十里

你看,我又开始叙旧
又一次对你说起天气,描述黄昏

是的,我又看见那只白鹭鸟了
立在河边,孤独又美丽

它朝我张望,它一定不认得我了
我穿了碎花长裙,系了条秋草色丝巾

我的丝巾在黄昏里飘动
我的裙摆里折叠着一个丰满的人间

我是秋天的人了

2021 年 9 月 5 日

如此我问

该是五谷丰登的时候了
我的粮仓空着

风从背后量了一下我的腰身
还是没有一棵庄稼饱满,粗壮

我的日子开始泛黄,用手拨弄时
也会发出金属般的声响

这虚拟的富足,与我隔着三百里水路
我在自己的国度里伐木,造船

我在依山傍水的小酒馆里
贩卖橘黄色的黄昏

一两黄昏三文钱,千吨重的黄昏换一船谷子
我就可以横渡整个秋天

又是一日将尽时
"先生,来饮一杯黄昏无?"

2021年9月5日

隔壁有人敲门

整个夏天，我种的两盆情人泪
泪珠不够饱满

那么多伤心事
——有人溺水而亡，有人杳无音信
有人跳楼，有人自残
够一个手无寸铁的人哭一阵子了

相对枯坐，是我让它们欲哭无泪
罪恶深重啊
——村庄里最后的蝉声
是我在深夜，一脚踩灭的

看着那个时常犯心绞痛的人
我无能为力
我的抽屉里只有发黄的诗稿
没有救心丸

草木一天一天矮下去，我已隐藏不住身体
风在挨家挨户找我
你听，它在隔壁敲门

2021年9月6日

西塘，我是你青梅竹马的恋人

撩开薄薄的一帘秋阳
我认出廊棚，认出穿过廊棚的那阵风
它穿绣花布鞋，藕粉色长裙拖地

我认出长长的弄，弄尽头窄窄的一线天空
一朵云，提着一篮雨水急匆匆赶路
它是西塘家的

是的，在这里花草树木都有姓氏
飞禽走兽都有名字
不信，你喊一喊那只低飞的白鹭鸟
它就跟着你的乌篷船低低地飞

你叫一下我的乳名吧
我已认出你眉间的黑痣，认出你那件灰布长衫
你长衫上蜻蜓的盘扣，和我小衫上的蝴蝶
它们曾在一个春天的同一片花枝间玩耍

在此之前，我被尘世的风吹来吹去
一度焦虑，失忆，认不出亲人

2021 年 9 月 10 日

古木窗

西塘是古典美人，你是美人的眼睛
我和你对视
我们这么近，又那么远
我看见你眼中一千年的寂寞
一千年的日升日落

沿着你眼中清幽的小路
我往回走，一直走
尽头处的春天
燕子在柳枝间鸣叫，花朵开在枝头
阿姐在河边浣纱
我没有找到给你雕花的那个人

此时，我顺着你的目光看过去
青石路上人来人往
低头行走的，高声叫卖的
这万千人里
哪个是你等了一千年的人？

2021年9月10日

画中人

西塘的风,都会定身术
任意的一阵扑到身上,你就会挪不动脚步

扶着栏杆远眺的人,屋檐下怀抱琵琶的人
桂花树下发呆的人,小酒馆里举着酒杯的人

他们都保持着千年前的姿势
来自唐朝的夕阳,斜斜细细地勾勒
古画里他们的侧影,都那么美

西塘的风
你再吹口仙气吧,扑在我脸上
我从一个人的怀抱里醒来,起身走动
把那些站在风里做梦的人
一个一个叫醒

2021 年 9 月 10 日

西塘月

我离开时,西塘还没有睡
古戏台上唱越剧的人
还唱腔婉转,水袖迎空
屋檐下的大红灯笼,像来时一样
一路领着我
明月跟在身后

走过狭长的石皮弄
我侧身给一缕花香让路
谁家老墙上垂下的青藤,拍拍我的肩

那河春秋之水,穿过唐朝,穿过宋朝
此时,穿过西塘的夜
送我一程,又一程

西塘,我的唇齿间,还有你绵长的酒香
我的背包里
装着阿婆的麦芽塌饼,荷叶粉蒸肉
还有阿妹绣的鸳鸯枕

西塘月,就此止步吧
我是过客,也是你永远的归人

2021年9月10日

城南花开

是一树桂花,开在老墙根下
花香抬着一顶小轿,颤颤悠悠
往南去了

墙根下走过的流浪猫
伸了一下懒腰
站在桂花树下发呆的人,想着旧事

是太旧了,每一个场景都有虫洞
随便翻开一个
都是毛边,有破损的痕

夕光在上面打着温暖的补丁
让人怀疑世间的残缺不全
也被一张年轻红润的嘴唇祝福过

让此时的忧伤和想念,都温柔得
让人想哭

2021 年 9 月 13 日

被折断的树枝

要有一场足够大的雪
从黄昏下到次日清晨
还要有一场足够凛冽的风
从北方之北往北吹
才配得上一根枯枝
从枝头断裂的一生

不,这些还远远不够
要遇见捡柴人,混迹在青蒿、艾草、杂木中
过沟,跨坎,翻山越岭
被带回一间茅屋
要经过锯子和斧子,腰断三节
要经过炉子,被点燃,被光照亮
跳跃,欢腾,尖叫

夜深人静时,独自熄灭
只有这样的时候,在最低的人间
在一株植物的根部
爱人
我以尘土,你以灰烬
我们再次,紧紧抱在一起

2021年9月14日

孤独者的秋天

她把自己的影子按倒之后
星群,天空,旷野,都是她的了
它们浩瀚无边的孤独,也是她的

收获者挥舞的镰刀上,闪烁着寒霜的光芒
她不甘心
在一粒玉米的脊背上,虚构一大片向日葵的黄
能逼着一个人,对准太阳穴开枪的黄
拿她没有办法

她在明晃晃的黄里,布设战场
让黑夜和白天交战,制造喧嚣
她要给那个失去听力的人
重新安上耳朵

秋风过处,她挂满蓝色风铃
混迹于秋水长天
那个追捕者,无法辨认她的行踪

2021 年 9 月 15 日

一个人的战争

困在夜里
凌晨一点的夜,一层一层的黑包围过来
它们要做什么

那个制造旋涡的女人,洗去脂粉
回到梦的深处
红裙子已停止转动

对付手无寸铁的失眠者
不需要长枪和羊群
窗外的几粒星光,就够了

而我需要一支锋利的笔
在一首诗的缺口处,凿一片水路

如果没有船只,没有身披蓑衣的船公
我就和那个未眠的人碰杯

不信黎明来了,那些黑暗不退

2021 年 9 月 19 日

月亮的号角

是怎样一种声音,让今夜的人
不约而同举起酒杯
不约而同一饮而尽

一起抬头看天,低头看水
面对一江旧事,一起背过身
甚至,微微落泪

像那时,母亲唤我们回家
绵长柔软的声音
穿过村庄,穿过田野

无论隔多远
我们都朝着家的方向
用同一种姿势奔跑

萤火虫熄灭自己的灯盏
天上只剩一盏灯笼,高高挂着
这就够了

足够照亮,那个最后动身的人
赶回家之前
一段黑黑的路程

2021 年 9 月 21 日

水中月

她没有打算掐灭村庄里的灯盏
它们一个一个自己熄灭了
低悬在屋檐下的蛐蛐儿声
她踮起脚尖,还是不能摘下来

在此之前,她去河边截住一段流水
弯腰搭救落在水里的月亮

举头望月的人都睡去了
她爬上房顶,想把月亮放回天上
像把一颗冰凉如水的心
重新按回那个温热的胸膛

湿漉漉的月亮,在她手里颤抖
没有搭在天空的梯子
她太矮小,太无能为力

2021 年 9 月 21 日

开在十月的栀子花

它的确开着
小小的一朵白
在十月的凉风里
真实又恍惚
仿佛谎言穿上洁白干净的衬衫
也有清澈心动之美

仿佛果实挂在枝头
谷物结出饱满的籽粒
到了秋天
万物对人间都有一个交代

我相信,这花期是它私自更改的
所有的果实都有背叛之心
所有的落叶都有离去之意
唯独它,要把这一朵白
开在一场暴风雪里

2021年10月5日

抱歉
——写在四里店镇"9·24"洪水之后

这些日子,我不会写诗了
放在我面前的这支笔,笔尖坚硬
如果它与一张白纸摩擦
就会划出一道闪电

如果笔管里的墨水奔涌
会倒出那个晚上的洪水
洪水会再次泛滥
我依然束手无策
白茫茫的纸上,找不到堵住洪水的沙袋

我没有足够的勇气
把村庄里那些正在修复的伤口撕开
指给你看那些冲毁的田地
倒伏的树木,坍塌的桥梁

我无法告诉你那个大雨倾盆的晚上
一只躲到厨房里避难的青蛙
后来的去向

2021 年 10 月 5 日

有种深蓝来自你的眼睛

那一片湖水
没有风的时候,是一面镜子
梳妆的女子还没有坐下来

起风了
是那个中年男子深深一笑时
眼角荡起的细纹

我也会想到天空
没有一朵云,没有一只鸟飞过
甚至,没有时间掠过的痕迹

其实,我想要描述的只是一双眼睛
看着我时,只有爱
比湖水更深,比天空更洁净

2021年10月8日

我和一片落叶相互问安

从手指缝里看过去,变窄的天空更加高远
还是我无法触摸的蓝
云朵不慌不忙地搬运着远方的消息
有人远行,有人归来,有人杳无音信
这些与我都不相关

天空下的田野,谷物收割之后并不空旷
野兔,土拨鼠,麻雀,蚱蜢
它们都有欢度丰收之后的亢奋和热情
是这些平庸句子里跳跃的词语

我能捕捉到的,是地上安静的落叶
人间的低处,我们身体里
有相似的,不再荡漾的山水
有同样不再坚硬,卷曲起来的悲伤

我俯身向它们伸出手
在十月薄凉的风里,我们相互问安

2021 年 10 月 10 日

也说重阳

恐高，也怕拥挤
登山的人那么多
我不会饮酒
那些独在异乡的人，需要小酌一杯
压住心头翻滚的乡愁

我在我的村庄，熬小米粥，煮红枣茶
在我的菜园里种菠菜，香菜，大青菜
黄昏时，我在一首没有完成的诗里
安放一瓶菊花酒，两只空酒杯

虚构那个登上山顶的人，仰天长叹
假装我就是那个，他深深想起的
没有身插茱萸
少的那个人

2021年10月10日

故　国

房屋,矮墙,树上的麻雀
都在一帧黑白照片里旧着

橘黄的灯光
修补不了木窗上的虫洞

这小小的虫眼里,装着一个国家
国家里的臣民,臣民们耕种的土地

土地里埋土豆,埋红薯
有时也埋人

祖祖辈辈,土豆结土豆,红薯结红薯
人的坟头长蒿草,一人多深

一纸之隔,是一片灰茫茫的水域
没有返程的船票

我只能夜夜回望,再也回不去

2021 年 10 月 19 日

霜降日

和昨天没有什么不同，皱皱巴巴的天气
风吹了几阵，还是抻不平
很多事物就这样折叠进去，没有了踪迹

去年今日的人还守在身边
让我相信，远远的山中还有一棵柿子树上
挂着秋天最后一句鲜红的誓言

我想问你，红柿子落下来之后的事
可有些问题没有答案
我把一个谜面写在左手心让你猜
右手背在身后

原谅我
明明知道一场霜会染白房屋的鬓角
我还是把你头上拨弄出来的一根白发
隐藏起来

2021 年 10 月 23 日

蜡　烛

那时的夜,被母亲纳鞋底的针线
拽得又瘦又长
狗尾草也瘦
单薄的身子,在屋顶站不稳

我在暗处
触摸到墙角蛐蛐儿的叫声
细弱,且高低不平
有着肩胛裸露的骨感

从门缝挤进来的风,搜刮一遍
把一顶破草帽掀翻在地之后
悻悻离去
它没有搜到半两铜钱

母亲用双手
把半截蜡烛倾斜的光影扶正
橘黄色的烛光,让我们贫穷的屋子
看起来富有了很多

2021 年 10 月 24 日

眺　望

我能看见什么？
远方的灯塔
辽阔的草原
还是奔跑的马群？

推着落日行走的人
有时会站在一个村庄的屋顶
看一群山，领着另一群山
它们只是打坐
没有奔向远方的欲望

很多个夜晚
我坐在星光和星光的折痕处，和尘世对望
一条路铺到天边
天边，还是没有归人

2021年10月26日

晨 祷

你可以打开院门
让晨光,风声,鸟声一起进来
允许邻家的小狗在院里撒欢儿
允许一只流浪猫蹿上屋顶
允许一群蚂蚁拖着面包屑
从容地从石凳下走过

但你不要去碰
墙根下草叶尖上的露珠
让它们一直悬挂
阳光照过来的时候,你看到的
是最初的爱来临时
一小阵莫名的,幸福的战栗

2021 年 10 月 31 日

月　末

我开始莫名地慌乱
——落日在山顶画一个硕大的句号
离开的人没有挥手,也不说再见

而我的纸上,没有生动的诗句
白茫茫地空着
这个歉收的秋天
我没有摘到一枚果实
没有割满一箩筐秋草
那些堆积在角落里的词语,和我一样
营养不良,面黄肌瘦

我低下头
这端是黄昏
那端是夜晚
我在暮色中转了转身
只不过是,把一些虚空
从左肩,换到右肩

2021年10月31日

泡 沫

已是暮秋了
那个长发中分的女子
还每天提着竹篮,去河边打水
有时,她提着一只白鹭鸟细脚伶仃的影子
有时,她提着落在河里的一朵云

更多的时候,她提着一篮子夕阳的碎片
她相信这些碎片
夜里会像星星一样,闪闪发光
就如她相信——
她的纸上有一片深蓝的大海

她是海里那条美人鱼
有没有巫婆施咒,王子会不会出现
她都想成为岸边的泡沫
是爱,是永恒
每天身披霞光,比真的美

2021 年 11 月 2 日

幻 觉

幻觉消失后,我和那些事物都回到原处
绵密细小的忧伤,回到左胸口处的口袋
微风推起的细浪,回到岸
我回到黄昏的路上

在此之前,我被一阵大风制造的幻觉带走
沿着一条落寞的街道,也可能是
旷野中一条荒草萋萋的小路
再次深入秋天的内部

果实再红透一次
你从十月的金黄里
截取一段时光,掸去一肩落花
一转身,挤进我未写完的诗行
野鸽子再仰天长叫一次
我们含泪,再离别一次

2021 年 11 月 6 日

立 冬

傍晚时分,衣衫朴素的老妇人
从山中背回一捆干柴
她弯腰行走的样子,让我深信
她的背上
背着秋天的一片树林

林中空地上的花草,花间一只小黄蝶
草丛里惊慌而过的野兔
叽叽喳喳的一群灰麻雀
甚至,穿过林间的一条河流
都会跟着她一起回家

一场雪来临的夜晚
它们围着炉火夜话
那时,干柴发出噼噼啪啪的声响
而窗下,一定有一树梅花开了

2021年11月7日

寄 心

还能给你什么呢?
天空深蓝得一贫如洗
没有一朵云,没有一只鸟
风把田野的口袋翻过来,倒过去
也无叮当作响之声

站在落日下,仿佛我是那个借宿之人
一叩再叩,没有一扇门打开
黄昏里没有回应之音

果实落尽,树叶落尽,黄昏也将落尽
你看,远方再无信件可寄
最后那个等着收信的人,还在抬头看着天

而我的窗下,一只灰麻雀掸落的羽毛
被风吹走后
只剩一小捧洁白的月光

2021 年 11 月 11 日

我该如何敬你

一

我以为,小镇的天空一直这样蓝下去
我的张湾村就不会有雨雪,风暴
我就能从一整块蓝里,取出干净的句子
把一首离别的诗,写得云淡风轻

很多次,笔尖悬空处电闪雷鸣
雨纷飞,叶纷飞,花纷飞
落到纸上,也不过是
背对落日时的一声叹息

阡陌纵横的人世,处处埋着伏笔
总有些相遇猝不及防,被红笔圈中
总有些离别伤了筋,动了骨
杨柳岸无法挥手,晓风残月下不能落泪

你离开后,一个秋天坍塌
小镇的天空倾斜,倒向冬日的荒野
我该如何敬你

九万里东风辽阔啊,揽下山川大河
却不够我放一杯酒

二

原谅我
怀里这一把薄薄的秋风
弹不出《阳关三叠》
我不是古琴台上抚琴的那个人
南山的野菊花模仿贵妃的醉
而我酿不起酒,掏不出酒杯

这么多年,人世的低处
我没有锦衣华服,裹住自己的渺小和卑微
躲在文字的外衣下,我用诗歌
抵挡冬雪夏雨,抵挡四面来风
命运弯曲的弧度
没有婀娜之姿,没有摇曳之美

你一个手势,把我弯曲的命运扳直
你在天空搭建一架梯子
我踩着云朵,一步一步向星光靠近
你在我头顶罩上一顶皇冠
我就有做女王的野心

三

秋天还过了,冬天也还回来了
如果可能
这一大把攥在手里,揉皱的时光
我小心翼翼抻平,全都归还给那个五月

阳光还明亮地照吧
那些耀眼的光的碎片打在身上
让我以为抱住了整个天空的星辰
你还在高于天空之外,那颗最亮的星球上
布施人间恩泽
我是千万颗草籽之中
被上天眷顾的最幸运的一颗

我不更改自己草籽的命运
不更改前半生流水的方向
我只挪动一些细节
我们再相遇时
让拂过面的风,都吹着一支动听的曲子
如果时光有卷曲的意向
就让它抱着五月的谷物,在田野上翻滚

江海浑浊
让澧河的水回到最初的清澈
如果还以茶代酒
敬你,我取最干净的一杯

2021 年 11 月 14 日

梦　境

你是抓不到我的
进了这道门,我会穿墙术,隐身术
也会飞升术
纵身一跃,轻易就逃离命运的虎口

我懂魔法,会施咒语
我能呼来风,唤来雨
小拇指轻轻一勾
就勾掉了宋朝那个书生的魂儿

我轻轻吹一口气
那个春天就活过来了
燕子在屋檐下筑巢
外婆还穿红夹袄,坐在当院绣牡丹

我还是婴儿,眼神清亮
母亲还年轻,梳着麻花长辫
她用柔软光洁的手指
抚摸着我粉嘟嘟的脸

2021 年 11 月 18 日

美好的事物

远方有信
故人安好
枯草披着夕阳金黄的外衣
女儿家的心事在流水上打着蝴蝶结

屋里的杜鹃花开着
屋外的野菊花也开着
相爱的两个人,正手挽手过长桥

那些美好的事物
仿佛从来不曾到来过
总是与我隔着一扇门的距离

仿佛刚刚发育的小青果
悬在明天的枝头,引诱着我
在每一个清晨,满怀希望地复活

2021 年 11 月 19 日

荒　草

到这里,修辞中断,叙述还想继续下去
但我不知道
一棵草荒着,一大片草荒着
整个山野的草荒着,接天连地的理由

开不出一朵小花,招不来一只蝴蝶
匍匐在地,死死抱紧无用的一生
能用的名词一无是处
命运的口袋越收越紧,不留出口

我不想描述你与野火相关的部分
我害怕听到烈火炙烤关节时
发出的咯咯吱吱的响声

西风一次次压倒你,你一次次直起身
推着无边无际的荒芜
把一个又一个冬天,摁倒在地

2021 年 11 月 20 日

臆　想

灯下，我们落在地上的影子
呈现同一种暗黑色
——古黄色书桌，原木色藤椅
衣架上搭着的一条秋草色丝巾

我的影子在它们中间
如果我坐着不动
那些物什会把我当成另外一张书桌
或是一把椅子

区分于它们，我要给自己画上一对翅膀
左翅高，右翅低
从窄窄的门里飞出去时
臃肿的我就不用艰难地侧侧身

2021 年 11 月 20 日

旧章辞

一小阵风就够了,从空枝间穿过
把落叶重新带回枝头

仿佛离散的,久别的,杳无音信的
都在这一刻再次相遇

风把一粒沙子吹进我的眼睛
冬日的黄昏,我还能为人间情事假装落泪

那时我正站在桥上,望着南山,想念一位故人
落日有空幻之美

也仿佛是一粒金黄的沙子
被风吹着,落进另一双眼睛

2021 年 11 月 21 日

小雪日

偌大的天空,找不到一朵云彩的时候
我也找不到一个忧伤的借口
或者,哭一哭的理由
天那么空,那么蓝
打探不出一点雪的消息

这么大一个尘世,我不知道你在哪里
每一个向我走来的人
我都微笑着,说了"你好"
每一个从我身边走远的人
我都含泪,对他们的背影道了"珍重"

而你,连背影都没有留下
我在十一月的阳光下
提着自己的影子,从东山走到西山

2021年11月22日

小 雪

我期待的事情，一件也没有发生
那只麻雀去了哪里
我的窗台空着，没有一根掸落的羽毛

球兰没有长出新的叶片
新鲜的事物还没有长出稚嫩的牙齿
好消息我已用过期

一场雪没有来
冒雪来看我的人隔在远方
院子里的紫菊花又寂寞地开过了一个下午

风穿过芦苇，纠正一支跑调的曲子
没有人纠正我诗句里的一个措辞
接下来的夜，月光开始抒情
代替一场雪，纷纷扬扬落下来

2021 年 11 月 23 日

这里有一扇门

上着锁,许久没有人打开了
风来叩过,雨来叩过,月光也来过
门环上,都有它们重重叠叠的手印

门前的荒草,无人照料,野野地生长着
阶上的青苔,幽幽寂寂
怨着石板的凉

这是一截用旧的光阴,又累又困
杵在无人问津的角落
一边打盹儿,一边等主人归来

2021 年 11 月 25 日

钟　声

从深夜里传来
一声，一声
仿佛召唤，仿佛指引

那个在十字路口
徘徊很久的人幡然醒悟
那个一脸愁苦的人虔诚地俯下身

撞钟的人，神情凝重
他刚从一场梦境中折返

钟声穿过尘世，修改着病痛
欲望，新愁旧怨

击打，在那一刻找到了存在的意义
撞锤高高扬起
铁内的大海开始奔腾

2021年11月26日

走进树林

我有了多种身份,多个名字
我想是一根没有姓的藤
你可以叫我野藤
缠住一棵树,缠到死

也想你唤我野菊花,野玫瑰
如果给我一个姓氏,我想姓梅花
想是一只林间奔跑的鹿

我有了兽性,长出虎牙
我想是一只虎
你是我的
你的眼睛和嘴唇是
你的早晨和黄昏是
你的天空和大地是
你的悲伤也是

爱你时,我不会吼叫
也不会扑向你
我从黄昏的林间穿过
低头嗅一枝蔷薇

2021 年 12 月 1 日

给一个遥远的人

我还在给你写信
只是不再局限于
一扇窗下,一盏孤灯下
不再动用一张纸,一支笔
我不署名,不写详细地址
风吹到哪里就算哪里

直到多年以后的一个春天
列车到达一个站点
你走下站台,穿过熙熙攘攘的人群
独自走进一条幽深的小巷
一阵温热的风迎面扑到你怀里
而你莫名其妙地想哭

2021 年 12 月 4 日

暗　处

一个迷恋夜晚的人在黑暗里走动
是危险的
她穿过灌木丛生的密林

她不知道密林深处，有潜伏的兽
假寐的眼睛里
有贪婪的火星

那些火星随时会溅到她身上
而她衣襟恰好带风
袖口里有舍不得用完的好天气

走到午夜，她忘记了
她穿着睡衣
黑色蕾丝边勾着一个人的梦
她在夜的正中央，喝完一杯酒后
开始一个人跳舞

她不知道，一个人的梦里失火
她有纵火的嫌疑

2021 年 12 月 5 日

过　程

那么长的一生,那么多的清晨
我只要一个黄昏就够了

如果黄昏还长
那就省去开始的晚霞和中间的微风

一片白头的芦苇在不在
两只白鹭鸟还在,这样就很好

落日走下山岗,暮色苍茫
我和你,成为最后的一部分

隐入夜色的,成为无边的虚无
我们相互搀扶着,走在回家的路上

2021 年 12 月 5 日

以 后

我开始一步一步后退
黄昏从四面八方围过来
若我不颓败,这荒野怎么像荒野
若我还心怀春风,私藏十万亩桃花
这冬天怎么像冬天

如果有星光洒落下来,我要节省着用
用到大雪落下来
所有的白都铺在地上
而我在天空行走,引领我的人
要手持一盏灯

身边的亲人,我也要小心地去爱
我不敢太用力
轻声说话,轻声走路
我不敢把爱,爱到破碎
为这人间,还像一个完整的人间

2021年12月5日

大雪无雪

是的,一切皆如你所愿:天气晴好
杜鹃花开了九朵,没有风伴奏
鸟雀在枝头清唱

我们虚构的,有关一场雪的章节
高挂在云朵之上
认领它们的笔,还在一个人的手腕处悬空

草木无语,山河寂静
阳光的千军万马,在山间,荒野涌动
我又身陷重围

接应我的人驾着马车,停歇在落日黄昏
等待星光再现
星光是他的出路

我等笔尖落在纸上
等大雪落下来
雪是我的出路

2021年12月7日

邻　居

在一张发黄的纸上,你的名字挨着我的名字
仿佛只有这样
我和你才是生生世世都住在一起的邻居
像这山连着那水,这朵云牵着那朵云

这么久了,叩门声从来没有响起
我和你的名字中间,有一厘米的距离
如果我名字的最后一捺再长点
就够着敲你的门了

我墙下的常春藤,就会翻过院墙
缠住你家的一棵花椒树
或者你院子里的桃花
风一吹就落到我的窗下

2021 年 12 月 15 日

暧　昧

从一朵云里摘下这个词语
此时嵌进哪个句子
都不合时宜

在找不到一点绿色的村庄里
我用石头,老屋,枯井
造一些生冷的句子

我在路边一枚卷曲的树叶上
奢侈地做梦

奢侈地梦见桃花
梦见桃花里吹笛的人
笛音领着我回到三月的黄昏

那时夕光在流水上打一个响指
风从身边侧身而过
我和两岸草木都有了毛茸茸的,绿色的情欲

2021年12月16日

摇　晃

一棵枯草在风里摇晃的弧度
和一只麻雀在空中划下的弧度一样
同样弯曲的时光
把我弹回一棵草的根部
我听到一条河流
在细小的根茎里奔腾的水声

一棵枯草在风里摇晃,有什么话要说
一只麻雀在空中盘旋,有什么话要说
一条河流在低处迂回,有什么话要说

这人世啊
草枯了,还能再活过来
麻雀不能,河流不能
我也不能

2021 年 12 月 16 日

那隐去的部分

它们不在我给你写的信里
信里我只写了开头:天气晴好
其实,乌云压在头顶
一场雪含在乌鸦的嘴里

亦有冬雷震震
滚到喉咙处,又咽了下去
它再叫几声,梅花醒了,雪落下来
一个白色的预言就应验了

我写出来又划去的部分
是那个不会饮酒的女人
从门前的河水里,舀半夜月光
捣碎一个秋天的高粱酿酒
她敬酒的人不会再回来了
她把最浓最烈的一杯,留给自己

2021 年 12 月 16 日

冬　至

还能描述些什么呢？
一场雪固执着不来
落日和群山都写成旧的
散步时，它们还跟在我身后
执意一旧再旧

那些未言尽的部分，盛在一只空鸟巢里
一根枯枝的手举起来
像把一个打满补丁的中年理想
尽力往天空中送

这有什么用呢？
天空那么空，掏不出新奇的句子
有人踩着枯叶，继续去山中拾柴
有人在河边，又一次拎起失足落水的星辰

唯一新鲜的，是蓦然发现
墙角的干枝梅上
长出米粒大小的花骨朵儿

2021 年 12 月 21 日

冬至夜

写诗的人都去哪里了?
这么长的夜
那么多词语找不到纸张
那么多纸张找不到笔
那么多笔横卧和竖躺,够不着提笔的手

张湾村亮起了灯
那么多盏灯火
闪闪烁烁,寻找眺望的眼睛
有人眼睛里汪着春水
而春天还在遥远的路上

谁在用力把这个夜晚拉长
风中都是关节松动的咯吱咯吱声
我在长出来的一段夜里
小心地把梦延续到下一个情节

不像以前,我身体悬空
你还没有接住我,天,就亮了

2021年12月21日

剪刀,石头,布

一退再退,已是最深的冬了
中年的庭院,树木萧条
落光了叶子的椿树上
偶有乌鸦,或是一只灰喜鹊
扯着嗓子叫几声,但并不惊心

能惊心的事物不多了
不再动用潮水,晴空中的霹雳
暗夜里的闪电
甚至写诗时
也拿不出尖锐陡峭的句子

你看,你一次次伸过来剪刀
扔过来石头
我只是紧了紧衣衫
把手背在身后

2021 年 12 月 27 日

致我的 2022

这些日子没有生病,腰部没有疼
手背上划伤的口子
已长成月牙形状的旧痕

没有新的不幸长出来
光秃秃的枝杈上,落不落喜鹊
都是七分的诗情画意

我想起你时,一盆杜鹃花开着
橘子树上挂着九颗金黄的橘子
一点也不像冬天的样子
摘一朵杜鹃花戴在头上
从镜子里看,我也没有中年的样子了

炉火生起来
我烤花生,烤红薯
夜深人散去
也烤那些冻僵的旧事
有些烤着烤着就化了
有些揣在怀里,像苏醒的蛇
猛咬我一口
提醒我,又一年了

2022 年 1 月 1 日

孤独者的黄昏

一条路丢下她,独自向前走去了
那些群山也是
几百亩的荒原也是

空旷的黄昏,除了一只小狗
她看起来孤零零的
没有一个亲人

当她轻轻转身,我们看到的是
她领着一条路,一群山,几百亩荒原
在黄昏散步

那枚落日别在她的发上
让她看起来,像一个女王

2022年1月2日

一只麻雀在枝头散步

越来越厚的冷,什么也挡不住
一座山执意远行,消失在雾霭里

出门的人,清晨动身
访友,见故人
天将晚时,领着一群暮色归来

风继续往北吹
忽然吹来的雪花,像是从梦里来
过了一会儿,又回到梦里去

没有回去的是一只麻雀
从一个枝头跳到另一个枝头
悠闲的样子,像是在散步

它偶尔停下来张望
又像是在等远方捎来的一个好消息

2022 年 1 月 5 日

桃花酒

坐在山中饮酒的人
必定是放下了千江水,千江月
心中无丘壑,是一马平川的大草原

一杯桃花酒从口入,经喉,至肺腑时
这尘世不像尘世
山不像山,水不像水

你能呼风唤雨,走凌波微步
半个时辰练就绝世轻功
一个箭步,就能跨到唐朝那座桃园

万朵桃花都在,柴门虚掩
你抬手叩门……
归来时,第二盏酒还未斟满

你看,窗外冬意正浓
对面山坡上,张湾村的万亩桃园里
似有一万个春天,在枝头急急奔走

2022 年 1 月 6 日

旷　野

一首诗写到这里,要用草书
正楷适合规规矩矩的草坪和绿化带

瘦金体我也爱
每个字都有小蛮腰
有任性迷人的小锁骨

只是宋朝太远
宋徽宗那一支瘦笔
伸不到这荒天野地

写草书,其实不必动用笔墨
从垜子石山刮过来的那阵西北风
就足够了

2022年1月8日

听《赤伶》

那些时候,我都不在场
他们的桃花在一把折扇上开了又合
那人水袖迎空
对面走过的人不是我

"情不知所起,一往而深"
一句念白,最是动情
尾音处火光妖娆,而我不在民国

每天打水,我打捞井底的星光
木桶和井底磕出沉闷之声
没有弹琴人的琴声悠扬
月光夜夜酿酒,等那人收住兰花指
从唱词婉转处转身

听闻后山的桃花,满枝都打着花骨朵儿
我该在一月大病一场
流尽经血
迎合那一场盛放

2022 年 1 月 15 日

大寒帖

能抱住的事物越来越少了
抱不住花朵的时候,我抱着火炉
它们有相似的明艳和温暖
成泥成灰时,又有相似的冰冷的唇

花朵的盛年,我经过了
此时,我正深入一簇火焰的腹地
火苗舔舐炉壁的声响
是我向你求救的呼喊

密林深处,有欲火中烧的兽
虎视眈眈地盯着我
——我怀里揣着一颗
非春天不嫁的心

2022年1月20日

凌晨三点

一定有谁叫我
每天这个时候
——三点零一分
我必须准时醒来
星光的褶皱处
那么多双耳朵在等待,倾听

我要制造一些风声
从远方一条山谷中吹来
经过一些耳朵时
有流水清澈的回音

我知道,一些耳朵在等待一场雨水
尘世的浊音让它们焦渴难耐
我从花蕊里取出露水
顺着生满青苔的屋檐,落进一个陈年的瓦罐

仅有这些,还远远不够
你看
那些失聪的耳朵,还在茫然地对着天空

我要从万里层云里摘下霹雳闪电
让那个沉睡的人忽然坐起
惊叫一声

2022 年 1 月 22 日

山间有书屋

靠山邻水的地方，方方正正的一块田地
就是一张书桌

没有什么人来，书的种类也不必太多
谷物一类，草木一类
科幻类的不多，哲学类的不多
一粒谷物开花结果，一棵狗尾草从荣到枯
生死都不伟大光荣，尽是平常人家的故事

如果想读抒情的，得等到夜晚
一轮明月悬在深蓝的夜空
只床前的一小块月光
就足够一个人，从唐朝叹到今生

有时，也会让人心生妄念
比如，每个黄昏
那个柔弱的女子推着落日下山时
想把自己的一生，甚至生死
都推进盛大的金黄里

2022年1月22日

有什么要发生

我忽然慌乱
仿佛有什么事要发生
仿佛有什么人正从不远处赶来
我隐约地听到脚步声,咳嗽声
急促的呼吸声

我清扫路上的雪,给白一条出路
它们自己走出村庄
向山那边走去

仿佛什么,正在满心欢喜地抵达
院门随时都会开
疑似春天,又疑似故人来

2022 年 1 月 29 日

辞旧岁

炉火将息时
纷纷扬扬的日子也将成为灰烬
未燃尽的几粒，借助于门缝漏进来的风
眯进一双眼睛

一条路走到此处，总会有人在落日下挥手
转身后带走一条河流
给一段时光打一个结时
总会有喜悦或悲伤绊住脚面
你要用力跳一次，才能侧身过去

是时候了，我已把最后的夜守到尽头
桌子上的酒盏倒扣
饮酒之人扶着自己倾斜的影子起身离去
我等新年的钟声再次敲响
余音处，收住舞步

2022 年 1 月 31 日

迎新春

每座山都有好听的名字
每条河流都有生动的姓氏
散落在荒野的草木,都攀上亲戚
认作亲人

黄昏时,每只麻雀都有枝可栖
流浪的狗儿都能有新的主人领着回家

清泉流在石上,新月梳着淡妆
融雪的声音从屋檐滴落
仿佛谁把我的乳名含在口里
轻轻地喊,不敢大声

我在一个温热的词语里住下来
为了和一些事物相遇
我要重新规划一条走向春天的路线

2022 年 2 月 3 日

立春辞

我们还在谈论山坳间未融尽的一捧雪
还未从西风宽大的棉布袍子
扯到杨柳岸边的绿丝巾

我们正从深山里的一只布谷鸟
说到怀孕的小狗
还未提及回归的燕子,春天就来了

其实,不过是远方传来好消息
十里春风浩荡,从南山起,到我的村庄
还须一寸一寸挪移

提前把一朵桃花种进诗句
不过是,一块田地荒芜太久
而一些词语失血苍白,腮边要补一点胭脂

我从村东转到村西
你看,小河的水还没有荡漾
我却开始坐立不安

2022年2月4日

遇见蝴蝶

公子,这样是很危险的
旧时的春天里,有吹了千年的风
你身着蓝衫,月影婆娑里吹箫是错

你听,四面八方都是花开的声音
每一只蝴蝶的翅尖都耸立着半壁江山
轻轻扇动,都有颠覆人间的美

公子,你知道的
这美来自一座远古的开裂的坟墓
你要自带深海,悬崖
准备随时跳下去

你要在一座墓碑,省略一万字的碑文处
再省略一万字
你看,那只越过沧海的蝴蝶飞来了
公子啊!你不能战栗
你要抱紧,那颗赴死的心

2022 年 2 月 7 日

起风了

因何而起？他们所说的羊群
已被落日赶下山岗
我只看到群山起伏，一浪推着一浪

它们都有野心
——那些树跑起来，超过我
去追赶最后一抹夕阳

静止不动的是那支曲子
一整天了
没有挪动半步

一直绕在我耳边

2022年2月8日

在这里

光线不太好
但这并不妨碍
一些美好的事情发生
也不妨碍
我用背后的荒野和你对话
把一株狗尾草唤成"亲爱的"

一只麻雀还会落下来,小小的脚丫
裹着一朵云彩
让你相信它曾带着天空
飞过一片辽阔的水域

后山的影子,像一个硕大的吻
慢慢凑近
我正停留在麻雀弹离枝头的震颤上
我的嘴唇和你说着话
我的额头光洁,没有折叠的哀伤

2022 年 2 月 10 日

早 春

一只风筝飞起来的时候
天空低下来,群山低下来
田野更加空旷

一个少年在风里奔跑
一阵风也在风里奔跑

他们都尚小
他们都有迫切的愿望

少年急于长出喉结
风急于长出毛茸茸的胡须

2022 年 2 月 13 日

我所知道的

那么,我们把收起的杯盏重新铺开
敬过的亲人,故人
我们再敬一遍

万物的悲悯,我们反复修改
如同晴好的天气被反复使用
用到这个黄昏
破损处漏下一场毛茸茸的雨

我们再次向人间俯身时
一个缺口对准胸部的位置
最后的一杯
你要斟满三月的鸟鸣和雪里的桃花

桃花开在唇边
才能堵住春天剧烈的咳嗽

2022 年 2 月 14 日

元宵节

月亮是新的
夜是新的
长安旧了,红灯笼上的谜面褪色

猜谜的人,还对着一方粉色手帕发着呆
一个恍惚
答案已更改千年

更旧的词曲,悬在屋檐下
滴着绿莹莹的水
临水照花
照的是旧人的影

我是新的
刚从一阕旧词里
旁逸出来
还没有被离散使用过

2022 年 2 月 15 日

错,错,错

听闻那一世的长安,确实繁华
而我不在那条街上
我在红木窗下绣洛阳牡丹
我只是旁观者
偶尔停下手中的针线,隔岸观灯火

那时,你只顾低头写梅花篆字
风在窗外吹了一千年
雪在纸上落了一千年

春天新鲜的月亮
被深情的嘴唇吸吮
我在最生动的一个语句里,投石问路

我不是那个兰花指轻翘,罗裙轻摆
环佩叮当的女子
可你是我的公子呀
"我向南瞧时,你往北走了"

2022年2月16日

来不及

这场雪如果不落下来,给大地贴上封条
二月里都是蠕动的嘴唇——
草木的,麻雀的,诗人的
他们有太多的话要说——
关于春天,关于一粒谷物
关于一条铁链的伪命题

我在另一个村庄里
严守着一朵花从绽放到凋零的秘密
闭口不谈其间风雨摧残的章节
我用雪的白,掩埋她通往他乡的路径
我还没有打探出后山的梅花何时开
雪就融化了
天黑下来之后
又开始白了

2022 年 2 月 17 日

唱歌的木鱼

在深山
在深夜里传出来
来自一双手,手中的一根木棒
我想象那根木棒——
因为寂寞,因为悲伤,因为爱

我想象爱——抑或是一支笔
刻着精细的花纹
它写下太多类似赞美的句子
此时,它轻轻敲打木质的桌面
仿佛叩问,仿佛忏悔

或者,这声音本身不存在
只是谁在深夜里惊醒
做了什么梦
一颗心,在"咚咚咚"地跳着

2022 年 2 月 23 日

光 芒

那时,你有桃花,捂着不开
你有一个沉甸甸的春天
画在一张纸上

你不敢抠下来
破的洞会流出千江水
而你没有怀揣一轮明月

夜总是那么黑
你深一脚浅一脚地走路
有时跌倒,有时抬头看看天

天上只有一粒星光
仿佛这世间唯一的灯盏提着你
一点一点地往春天提

2022年2月23日

空　山

还是不见人
他们说着什么
夕阳这么旧了
青苔老绿得不像样子
说话的人想必还穿着唐朝的衣衫
口音里还有上滑的,轻飘飘的曲线
我朝密林深处投一粒石子
月亮升起来了
才听到一声鸟鸣

2022 年 3 月 4 日

惊蛰日

塔子山的梅花开了
而造梦的人
还在梦里结着花骨朵儿
假寐的伤口,在渐暖的天气里
装着愈合

人们患上季节病
一边发烧咳嗽
一边哼唱酥软的小曲
肥美的妇人,又喝下三大碗春色

风懒洋洋的,不再搭理晾衣绳上
那件棉麻褂子
你也懒洋洋的,不再梳理旧事
任由它们草绳一样被扔在路边

三月雨水充足,不缺乏颓废的美
而你需要一阵雷声
拽着天空的衣襟滚落下来
恰好砸着脚面

你还需要尖锐的笔尖,插进
一张白纸深处
在蛰伏的阵痛里喊出声

2022年3月6日

在海边

对于一个怕水的人
站在海边,用波澜壮阔的句子抒情
是让人难堪的

她要等这一阵风吹过去
等这一排浪把后一排浪推走
她要等这些跌宕起伏和动荡不安都安静下来
直到看不见一只海鸥飞翔的影子

这时,海是一面镜子
月光递过来一把梳子
她才肯在沙滩上坐下来
松开发丝,梳理细密的幸福和忧伤

2022年3月8日

在这苍茫的人世上

如此,我问
还有多少场雪没有落下
还有多少雨水没有抵达
那些草木熬过又一个冬天,倔强着不死

你手里还有多少个春天可以贩卖
你头顶还有多少个明月夜可以虚度
你怀里的江水,有没有落浅
有没有一块裸露的石头
硬生生抵着你的胸口

你看那个埋头夜晚的女人
又一次把夜扒开一道口子
血一样黏稠的黑
溅了她一身

2022 年 3 月 8 日

时　间

我们在黄昏散步
野鸭子长叫着
把一条路领到远方
天色暗下来
走在路上的人从左侧掉下去

我们听不到一点声响
回声被一双大手捂住
同时被捂住的
还有一个人在暮色中的咳嗽声

晚风拂过芦苇，它们替我们说着话
而那时，我们正坐在
鱼群跃出河面弯曲的弧度上

我们还没有把坐姿摆正
没有来得及把手放在更舒适的位置
鱼尾扫过我们的眼角

天色更暗了
先生
万家灯火已打开,接下来
我们做什么呢?

2022 年 3 月 12 日

人散去

曲尽人终
我还在这里
干枝梅落了一地
细密的香气围成一堵墙

没有路也好
我不借助于人间逃离
我是刚从梦境里走出来的人啊
我还没有脱去梦的衣裳

有一阵风就好了
夜色再次拱起旋涡
跌宕起伏之后
我是贴着你唇角的一小片沉寂

2022 年 3 月 15 日

钉　子

那些鸟,借助于一根树枝的力
小小的钉子一样
钉向天空
天空的某一处紧致了许多
有着干净好看的蓝

我飞不起来
我在疏松的大地上走来走去
直到有一天
我也如一枚小小的钉子
钉在大地上

我的身体在一小块泥土里腐朽,生锈
而我的骨头更白
我熄灭心中的风暴
一些无名的野花,替我在人间摇曳

2022 年 3 月 20 日

清明醉

我围着满山坡的桃花,转来转去
风围着我,转来转去
我们都动荡不安
每走一步都要小心翼翼
我避开墓碑,路上的行人,地下的亲人

如果躲不开那场雨
我最担心的是遇见那个牧童
害怕他的手遥遥一指
那个问路的人走进杏花村

一千多个春天了
桃花败了一千多次
而那个人还在酒馆
一杯饮尽,又端起一杯

2022 年 4 月 4 日

我的爱人

那个男人,给我一片丰盈的水域
他制造漩涡,风暴
我一次次练习游泳,飞翔

有时,他把我抛上云端
仿佛我一伸手就能摘到云朵
如果我往高处跳一下
就能踩着他的肩头,站在天空之上

今夜
那个男人去几十公里外的卡点值班
他留给我一座房子,一座垛子石山

还有,几百亩的月光
一整片天空的星辰
一整条河流的荡漾

2022 年 4 月 9 日

空　洞

它为什么停下来——
一阵身高一米八的风
靠在一截和它身高相仿的老墙上

也许,在此之前
它连根拔起过一棵大树
推倒过一座房屋
席卷过豫东平原的麦田
甚至,只身驱赶着时间的千军万马
从南到北,从东到西

而此时,它是那么安静
多像那个一言不发的人
坐在无边无际的暗夜
吐出的烟圈那么轻
仿佛山呼海啸的盛年
从来没有存在过

2022年4月11日

暗 流

我感觉到时,我的腰部在疼
是一节火车在这里脱轨
是一条河流在这里拦腰折断
还是一艘轮船在这里撞上冰山

战争,空难,疫情
这些灾难和事故与我同在一个春天
离我那么远,又那么近

在这里,究竟发生了什么
我每次向人间俯身
二尺二寸的腰部,就断裂般疼一次

我感觉不到疼时
一定是什么穿过我,并带走了我

2022 年 4 月 15 日

传　奇

人世辽阔,怎么可能和你相遇
960万平方公里,竟然和你相遇

一定是直着吹的风拐了个弯儿
一定是那支埋了千年的伏笔顺着风势歪过来
笔尖圈中了我

那时我在张湾村安身,却无法立命
和你在芍药花盛开的五月相遇
一定是所有的意外都已摘除
最后一只小红果被麻雀弹起来碰着我的额头

那么多年,我一直在一张白茫茫的纸上
搬运落日和星辰
有时也搬动一条河流
弯曲的悲伤顺着流水的方向找到出口

你把这样的次序倒置,重新安排
我低于尘埃的命运从泥土里起身
有了一棵向日葵的高度

2022年4月15日

今世,欠你薄酒三杯

能站在你面前,躬身敬你三杯酒就好了
笔尖停顿处省略的千言万语
我放在第一杯酒里

也许会有一个句子梗在喉间
句子里的一个词语潮湿
我借你的背影转身,再望一眼南山公园
我借你的眼睛含满热泪

当歌,不当哭
春天的花朵我赞美过了
四里店镇的山水我赞美过了
第二杯酒,我忽略你身后的花朵
头顶的星空
赞美你鬓角的一根白发
赞美你眼角新生的一道细纹

第三杯酒里,必定有深深的歉意
四里店镇的,草木的,河流的
每一朵蒲公英都向你俯身
你赠我一片大海

我总是焦渴,还不起你一滴雨
四月的云朵把天空压低
从南山吹过来的风到这里打个趔趄
垛子石山替我,朝你跪下去

在四里店镇 279.38 平方公里①的土地上
你是我的王
你看这春色浩荡,漫山遍野的春天
哪一个都是你
哪一个都不再是你

2022 年 4 月 16 日

---

① 2017 年数据。

一个人的世界

和一场雨对坐到黄昏,我们都有了倦意
雨声轻下去
我比雨声更轻

整个下午,我们对视
有时我身体里发出的声响——
一条河流直立行走的声音
一阵斜过屋角的风声
会压住
雨中一只麻雀的悲鸣
一个撑伞人急匆匆的脚步声

我们交换了方言,交换了湿漉漉的耳语
我把最后一个秘密交换之后
约等于窗前一小朵月光

2022 年 4 月 19 日

谷雨天

"我们说到什么,什么就在消失"
在此之前说到的桃花
已经谢了多日
诗中提到的那个人
书页合上之后,就杳无音信

说什么好呢?
邻家嫂子
买了豆角种子,黄瓜种子,番茄种子
靠在屋檐下,绣着荷包,等一场雨

我们避开一场雨,谈论日夜不停的风
一缕风从枝头掉下去
一夜之间长大的杨树叶
捂紧了春天所有的秘密

你看,我们又不小心说到了春天

2022年4月21日

素　描

不是鸟声压住村庄的四角
头顶一大朵云彩
就把张湾村提到山那边去了

这是一段下午时光
我一个人领着排列整齐的房屋
白杨树浩浩荡荡的队伍穿插其中

我们像是去占领一个高地
也像是去收复一块失地
其实，我们什么也不是

黄昏抛出落日这枚金币
我的园子里还是空空
开不出一朵玫瑰

2022 年 4 月 25 日

车　站

应当说到人潮如海
一浪涌过来,一浪又退去
直到一些人,贝壳一样被抛在站台上

具体到站台,安插进来一束月光
就能解开一个迎风流泪人的衣襟
探测到他胸口水位的深浅

当然,这些都是这个春天的假象
我这里的春色已齐腰深
我的村庄,野草深埋
我还没有规划好远行的路线

送我远行的人,还隔在异乡
我假设的那辆方城—南阳的 205 路客车
还没有驶过白河大桥

卧龙车站,在我的远方
孤零零地等待着

2022 年 4 月 28 日

夏天来了

春天这只不安分的小兽,终于被关进笼子
它咬破的人间,万物还在努力向上生长

窗外白杨树的枝丫,还在悄悄用力
过了今夜,它们离天空就近一点

我踮起脚尖,眺望天边的云朵
很多时候,我以为
一颗星星的嘴唇就要碰到我的鼻尖了

天空还是高远
它腰间别着月亮这把明晃晃的镰刀
割去一个夜晚,又长出一个夜晚

我们也越来越远,地址又一次更换
再署名,收信的就是夏天了

黄昏时去园子里
我又给春天用坏的一些事物
浇了一次水

2022 年 5 月 4 日

一朵杏花落下来

我回到母亲院子里的时候
杏树上已挂满米粒大的小青果

没有什么可落了
几粒鸟声滚落在台阶上
被路过的一阵风拾起
重新挂回树梢

我看见,回到枝头的还有一朵杏花
它在初春的一个黄昏
轻轻落下
别在母亲花白的头发上

那时母亲刚好从厨房出来
围着碎花围裙走下第二个台阶
她抬手擦着脸上的汗

母亲永远也不会知道,那朵杏花
让她在那个春天的黄昏
又年轻了一回

2022年5月7日

五月十五的月亮

白月光落在地上
也落在院中一把长椅上
磕出明亮的,木质的声响
遇见些许微风
会长出双眼皮的眼睛

显然,这有些不真实
但那双眼睛的确是一个人的
我无数次看见
那人从长椅上站起身
掸落烟灰,踩灭地上的火星
吱呀一声推开院门

我不知道,我是在哪里看见的
也许是在一个梦与另一个梦的夹缝里
也许是院门重重叠叠的开合处
我只是站在一个狭小的
不能转身的缝隙处

抬头看着天空,和一把长椅一起
陷入比月光更辽阔的沉默

2022 年 5 月 15 日

天空离你那么近

一

孩子,如果给你建一座房子
我会选择海边
门窗都朝着大海

清晨你从干净的梦里醒来
推窗或是开门
涌向你的都是蔚蓝和洁白

海浪一遍一遍冲刷,带走淤泥和污垢
尘世清明锃亮
我想那只在海面翱翔的海鸥是你

你稚嫩的双翅划开水面
细长的裂纹打开一片辽阔的水域
鱼群游动,和水草招摇的姿势一样

你带着浪花飞,或是浪花带着你飞
孩子,天空都离你那么近
仿佛你伸手,就碰着云朵的小裙子

二

在给你读一首诗之前
我把一个句子反复修改
我动用锯子,斧头
切除隐患词语,纠正错别字

来,孩子
你清澈的目光,顺着我的手指
从一个词语到另一个词语
从一个句子到另一个句子

你会看到,月光从湛蓝的天空倾泻下来
泉水从山谷潺潺流出
读到最后一句
你看到微风从莲花蕊里穿过

孩子,那朵露出尖尖角的荷是你
那只振动翅膀的蜻蜓也是你

三

我想给你的,是整个春天的花朵
花朵里打开的富饶的祖国
祖国多么辽阔!

我牵着你的手
避开雷电,从风雪的左边侧身而过

孩子,你看,黑夜会尾随而来
悬崖,暗礁,利剑
也会是危险的一部分

我摁住风掀起的旋涡
捉住罂粟花迷离的眼神
我用衣襟遮住火狐狸的尾巴

孩子,你不要低着头走路
你要以 45°角仰望星空
总有一颗星星提着灯盏

灯盏里的世界闪闪烁烁
呼应着你眼里明亮的灯火
孩子,你抬起头
这漫天星光
都是你的

2022 年 5 月 25 日